# 叛骨

## 陸奥宗光の生涯〈下〉

津本 陽



潮文庫

# 目次


にわかの暁　6
宗光外遊　27
引かれた弓弦　49
宗光入閣　71
元勲内閣　92
条約改正　114
日清開戦　136
戦機　157
外交の行方　178
下関談判　199
巨濤迫る　221
臥薪嘗胆　243
旅立ち　265
解説　東えりか　286

# 叛骨　陸奥宗光の生涯〈下〉

# にわかの暁《あかつき》

明治十四年三月二十八日付で、陸奥宗光は「古河福助」の変名を用い山東直砥《さんとうなおと》に書状を送った。現代文でしるす。

「さて商法開業の件についいては今年中に成功するとの、いつもながらのご懇情感謝いたします。

この先もよろしくお願い申しあげますが、小生はもはやあきらめています。万一先輩各位のご尽力によって幸運に至ることができれば、まことに煎豆《いりまめ》の花というべきであろうと存じます。

その成否はともかく、平生のご厚志は決して忘れません」

商法開業とは特赦出獄をうけることで、それは煎豆に花が咲いたような現実にありえないことであると、宗光はいうのであった。

山東は宗光が入獄しているうちに翻訳したジェレミー・ベンサムの「道徳及び立法の諸原理序説」を、『利学正宗《りがくせいそう》』上下二冊として出版した人物である。彼は紀州人で高野高室院にいた小僧であったが、播州林田の詩人河野鉄兜《こうのてっとう》の下男となり、文久元年（一八六一年）末、仙台出身の漢学者岡鹿門《おかろくもん》と肥前大村の松林飯山《まつばやしはんざん》、三河刈谷の松本奎堂《けいどう》が、大坂堂島に雙松岡《そうしょうこう》塾をひらくと、協力して経営にあたった。維新の戦には箱館（函館）において箱館府権参事となりやがて上京、早稲田に明治新塾をおこしたが、宗光に誘われ神奈川県参事となった。明治八年には辞職し、宗光とともに反政府運動に参加し、あやういところで捕縛されるに至らなかった。

明治十四年四月、宮城県六等警部水野重教は五等に昇任し副典獄兼任を命ぜられた。彼は五月十七日朝、仙台を出発し東京と周辺諸県監獄の視察に出発した。東京に二週間滞在する一カ月弱の出張である。

宗光は妻亮子あての長文の手紙を水野に託した。現代文でしるす。

「私は一昨年からは毎朝八時頃から夜は十二時まで努力して書物などを読み、一日も怠ったことはない。あなたも知っている通り、元来横文字はすこしも分からなかったが、この頃はよほどよく分かってきて、おおいにおもしろく楽しく、春の日がなおみじかくなった。

ひとり寝の夜を長いとも思わず、日を送るのがつらいなどと思うようなこともまったくない」

今度上京する水野警部について、宗光は書中で紹介している。

「今度上京する水野重教という人は、仙台で常に私を預っている役人で、一昨年来なにかと世話になり、内外の何事もうちあけて頼み、たいへん親しみぶかく接してくれている。

この水野さんはもと沼津藩の留守居役をつとめた人で、たびたび金田の父上、人見君ともおつきあいをしたことがあるそうだから、言《かたる》の兄貴は知っているかも知れない」

金田言は亮子の実兄である。

宗光は水野についてさらに書き足す。

「この手紙に書いた水野という人には、実にいろいろ世話になり、そのうえ折りにふれて物を貰い、気のどくなほど配慮をしてくれるので、彼が東京を離れるときには、なにかみやげものを渡してくれると、おおいに都合がよい。
十四、五の娘がいるそうだから、その娘のよろこぶような品であれば、なおよかろう」
宗光は金田言に頼んで水野の宿へみやげを届けてもらってもいいと記している。

宗光は自分が世間から「獄中の大官」と呼ばれるようになっているのを知っていた。彼が刑期を終えて出獄すれば、岩倉具視、伊藤博文ら政府中枢がかならず接近してくるだろう。

　また板垣退助、中島信行、後藤象二郎、馬場辰猪《たつい》らによる自由民権運動が大きなうねりとなって盛りあがってきていた。彼らも宗光を同志として迎えようとしていた。

　宗光はわが身辺に世間の風評が押し寄せないよう、細心の注意をはらっている。山形監獄にいるとき月に一回の長い手紙を亮子に送っていたが、宮城監獄に滞在していた三年余りのあいだに六回送っただけであったといわれる。

　宮城監獄から宗光が亮子へ実際に送った手紙が、何通であったかはわからない。

　残っている六通の手紙のうち二通には、読みおえたあと人目については大いによくないので焼いてしまえという、宗光の希望が記されている。六通が残ったのは、亮子が宗光の指示を聞きいれなかったためだと考えられる。

　宗光は亮子に求める。

「かねがねいっているように、ごくごく急用のほかは、あなたの手紙は郵便で出しては絶対にいけない。そのかわり、信用できる人が仙台へくるときはいつでも手紙を預けてもよい。こちらからも返信を送るから」

　明治十四年十月二十九日、自由党が発足した。党の主柱となったのは、旧立志社の幹部たちであった。総理は板垣退助、副総理は中島信行、常議員は後藤象二郎、馬場辰猪、末広重恭《しげやす》、竹内綱《つな》、幹事は林包明《ほうめい》、山際《やまぎわ》七司《しちし》、内藤魯一《ろいち》、大石正巳、林正明である。
自由党の盟約はつぎの三章であった。
第一章　吾党は自由を拡充し、権利を保全し幸福を増進し、社会の改良をはかるべし。
第二章　吾党は善良なる立憲政体を確立することに尽力すべし。
第三章　吾党は日本国に於て吾党と主義を共にし目的を固くする者と一致協合して、以て吾党の目的を達すべし。

自由党が成立したのは、「明治十四年の政変」と呼ばれる内閣大改造がおこったためであった。同年八月、天皇の東北・北海道御巡幸がおこなわれた。帰京されると十月十一日に御前会議がひらかれ、参議大隈重信が政府から追放された。
この政変の背後にあったのは、開拓使官有物払い下げに関する瀆職《とくしょく》問題である。騒動がおこったのは、当時参議兼開拓使長官であった黒田清隆が、明治二年に北海道開拓使が置かれて以来、約千四百万円を政府が出資した北海道官営事業のすべてを、無償同様の代価で旧薩摩藩士の五代友厚、中野梧一らの会社に払いさげる暴挙を断行しようとしたためである。

時価三十九万円、三十年賦無利息で関西貿易商会という薩閥経営の会社に、北海道の実益を吸収させようとする黒田の方針は、左大臣有栖川宮《ありすがわのみや》熾仁《たるひと》親王、参議大隈重信の猛反対をうけた。

混乱する閣議のなか、黒田は是が非でも法案を成立させようとして強引に自説を譲らず、八月一日に勅許をうけ正式決定にもちこんだ。

だが決定の寸前に政府の内情が民間に聞え、全国の国会開設を要望する民衆の強力な運動を呼びおこした。

「薩長藩閥と政商らが手を組んで、国益を盗もうとしているぞ。あんなふるまいを見逃していられるか」

政府は、内部に民間と結託して秘密を曝露している者がいると判断した。疑ったのは開拓使官有物払い下げに反対し、民衆の人気を博している大隈重信であった。

政府は開拓使の払い下げ処分をとりやめ、明治二十三年に国会を開設する詔勅《しょうちょく》を発布し、大隈参議を追放する三つの施策で世情の動揺をとり鎮めた。

この政変によって、大隈とともに辞職したのは河野敏鎌《こうのとがま》、前島密《ひそか》、矢野文雄（龍渓《りゅうけい》）、尾崎行雄、犬養毅《つよし》、小野梓《あずさ》、島田三郎らの人材で、彼らは大隈が党首として立憲改進党を結成したとき、中核として活躍することになる。

明治十五年の年初には軍人勅諭が下された。この年、中島信行は立憲政党、大隈重信は東洋議政会、玄洋社が九州改進党を結成。大隈はかさねて立憲改進党、福地源一郎らが立憲帝政党を発足させた。

同年一月二日、水野警部は日記にしたためる。現代文でしるす。

「星亨《とおる》このたび遊猟のため仙台へこられ陸奥宗光に面会したいと願い出たので、許可した。同人は陸奥の猶子（養子）で有名な法律家である」

星はイギリス国ロンドン法学院ミドル・テンプルで法律学を修め、バリスターの免状をうけ、帰国してのち明治十三年六月から代言人（弁護士）組合百二十数人のうちで副組合長の座についた。

いまでは名声が全国に聞え、大井憲太郎、鳩山和夫らの敏腕な代言人らに伍して外国人関係の訴訟をひきうけ、大きな報酬を得ていた。

星は嘉永三年（一八五〇年）に、江戸築地小田原町で左官屋をいとなむ佃屋徳兵衛の子息として生れたが、父徳兵衛は酒食に溺れ貧困に迫られ妻子を捨てて家出してしまった。浦賀の漁師の娘である母は絶望して自殺をしかけたが、死ねなかった。姉が身売りをした極貧のどん底を這いまわる年月がつづいた。

母はあるとき横浜で八卦見《はっけみ》をいとなむ星泰順という男に、わが運命を占ってもらった。

星泰順はなぜか亨の母と結婚し、姉を苦界から救ってくれた。泰順はその後医者となった。

亨は十三歳のとき継父のもとを離れ、蘭方医渡辺禎庵の下男としてはたらき英語を覚える。元治元年（一八六四年）幕府開成所で苦学生として学問をつづけ、慶応二年（一八六六年）に幕府海軍所に英学教師として採用された。翌慶応三年（一八六七年）には紀州藩兵学寮英語教師として和歌山におもむく。十八歳であった。

宗光が兵庫県知事を辞職して、和歌山藩改革に参与した明治二年十月頃から星亨との交流がはじまった。明治四年八月、神奈川県令となった宗光は、星を神奈川県二等訳官に任じる。さらに明治五年正月、外務大丞を兼任すると、深川清住町の陸奥邸に住みこませ大蔵省御雇として翻訳業務にあたらせた。

星はこのとき月給百円という高給を受けていたので両親を養い、幾人かの書生に衣食を給した。生来酒豪の彼は書生をともない吉原で遊興して大騒動をおこし、閉門の処罰をうけたこともあった。

宗光が租税頭《そぜいのかみ》に任命されると、星は租税寮七等出仕に任ぜられた。

宗光が明治七年一月一日、「日本人」一篇を木戸孝允に呈して下野すると、中島信行のあとをつぎ横浜税関長に就任する。彼は常に宗光の足跡に沿い行動していた。

そののち星は大蔵省理事官となり、「条約改正準備大蔵省関係事項取調」の辞令をうけ渡英し、ロンドン法学院で法律を学んだ。帰国後は官民いずれで活動するも可という政府の指示により、代言人として水を得た魚のような活動をはじめたのである。

星が明治十五年正月に、多忙をきわめる日常のさなか、宮城監獄の陸奥をたずねたのは、薩長藩閥が強引な支配をつづけようとする政府に、自由民権主義者が政治対決にのぞまざるをえない時期が、目前に迫ってきたためであった。

星は後藤象二郎、代言人大井憲太郎を通じ自由党に参加協力を求められていた。

政変以降、実力において政府を代表する存在となった伊藤博文は、明治二十三年の国会開設にそなえ、「憲法調査」という名目で明治十五年三月に渡欧することが決っていた。

藩閥政府の活発な活動が伊藤の先導で早々にはじまっているのにくらべ、自由民権運動者は、複数の政党があらわれたので統一行動をとりにくくなった。

イギリス法学に通じた新鋭の人材星亨は政府、民権派のどちらからも人材として獲得しようと狙われていた。豪傑といわれる星も、人生の先導者をつとめてくれてきた宗光の判断が聞きたかったのであろう。

一月九日、星は再度宗光と面会し長時間にわたり懇談をかわした。その夜、遠山千里と水野重教が一番町の料亭竹の家へ星を招待した。

水野は酒に強かったが、星とは桁ちがいであった。彼は日記にしるす。

「星氏の大酒遠く及ばず。酒は乱に及ばず。議論はますます確乎《かっこ》卓然《たくぜん》たり。感ずべし

感ずべし。有名の法律家たり」

宗光は星にどのような示唆を与えたかはわからない。彼は出獄後、藩閥政府を倒し自由民権運動に走るつもりであったか、自分をよく理解してくれている伊藤博文に尽力しようと思っていたか、たしかな意志をあらわしてはいない。ただ彼は獄中で『左氏辞令一斑』という本を編集した。

それは中国で春秋戦国の時代につくられた『春秋左氏伝』から抜粋した歴史上の挿話である。当時に存在した大、中、小さまざまの規模の諸国が割拠《かっきょ》して、それぞれが栄枯盛衰をくりかえすさまが、記されている。

そのなかで滅亡して当然の運命を持つ国が、どのようにして最後のときを迎え、あるいはひきのばしたのか、おびただしい外交交渉の事例が語られた。

宗光はそのうちから五十五の挿話をひきだしてまとめた。中規模の国が大国に攻撃されたときさまざまの手段、口実を用いて征服を免れている。

宗光は当時海外諸国の戦力を脅威としていた日本の立場が、薩長閥の声威をおそれる紀州藩を背景にしたわが身にひとしく、弱体であることに思い至り、『左氏辞令一斑』を編んだのであろう。

日清、日露の二大戦を経験するまえの日本は、常に自国へむけられる世界の強大国の視線におびえていたのである。

明治十五年十二月三十日、宗光は減等釈放の特典をうけた。刑期はまだ八カ月あまり残っていた。宗光は『小伝』にしるす。

「当日この恩命ありたりと言うの外別に詳記するを要せず。そもそも余一朝放免となりたるや、一身上あたかも暗夜中にわかに暁に達したが如く、朝野の旧友より種々の勧告を受けたることあれども感ずるところあり、一切これに従わず」

十二月三十一日、仮出獄を申し渡された宗光は、南町の古河良助方へ泊った。宗光とともに仮出獄した三浦介雄は南町の知人宅へ泊り、明治十六年の新春を迎えた。

同年一月四日、宗光と三浦は赦免の申し渡しをうけた。

一月九日付の「奥羽日日新聞」につぎの記事が掲載されている。

「陸奥宗光氏には東京より親族金田某の迎えに来りたるをもって、昨八日午前七時南町なる旅宿を発し上京せられたる由。

もっとも控訴院裁判所詰検事長野村維章、当鎮台陸軍軍吏補田中孝友、陸軍工兵監護石村金次郎、本県副典獄水野重教の諸氏、その他看守千葉又五郎ら四、五名は広瀬橋まで同氏を見送られしとのこと」

同紙はさらにつぎの報道をつづけた。

一月十三日

「陸奥宗光氏は放免早々自由党へ加入すべき旨、当地より申し越されたる由にて、自由党本部よりは、去る五日電報をもって右の趣を、洋行中なる総理板垣君のもとへ通達されたりと」

一月十七日

「陸奥氏には十三日帰京せられたるにつき、自由党員諸氏が右放免を祝せんため、近日上野精養軒へ招待して、さかんなる宴会を開かるるとのこと」

一月二十二日

「陸奥宗光氏は金田某氏その他と当地を発足されしに、十三日には同氏の令息広吉氏をはじめ、竹内綱、山東直砥、岩橋万造、由良守応氏らの諸氏下総古河まで出迎われ、また戸田秋成氏及び官吏その他東京府下及び横浜等の豪商四十名余は千住宿まで出迎え、同所横尾隆助方にて一場の酒宴をひらき、同氏がつつがなきを祝し、それより残らず人車馬車に乗じ、同日午後三時三十分、東京麴町区下六番町五十一番地津田元老院議官宅に着し、同邸にてまたまた祝宴を開かれしに、その席に列したる人々は無慮二百余名に及びし由なるが、さっそく着京のおもむきを板垣退助君と大阪の中島信行君へ電報ありしまでになりしを誤りて、陸奥氏は自由党幹事を承諾され東京着の即日板垣君へその由を電信にて申し送られたりなどいいしが、氏はいまだに自分の方向をば定められざるおもむきなり」

宗光はわが身辺の消息を、政府探偵がうかがっているのを知っている。監獄では諸新聞の通読を許されていた。宗光は常に各紙に目を通しているので、政界の動きを的確にとらえている。

政府の最高首脳者の伊藤博文は、明治十五年三月、憲法調査の重要な使命を帯び、多数の随員を従え、ヨーロッパにむかった。同月に大隈重信が立憲改進党を結成したため、自由民権運動のエネルギーが分裂する結果となった。

自由党ではその年の秋に外遊がきまっていた板垣退助の旅費が、政府から出されているのではないかとの疑惑が深まり、自由党創立ののちまだ日が浅いいま、党首板垣の長期にわたる海外滞在はつつしむべきだという意見が台頭した。

この論争の結果党内幹部の馬場辰猪、末広重恭、大石正巳らが離党し、自由党は弱体化する。

このとき自由党の分裂を防ぎ結束をつよめるために入党したのが、星亨であった。

彼は十月二十三日に板垣退助、後藤象二郎の外遊に際しひらかれた、自由党送別会の席に出席し、党員としての挨拶をした。

会場の党員たちは皆狂喜し歓声をあげてよろこんだ。星は馬場らが去ったあとの空隙を埋める強力な人材であると歓迎されたのである。

事にあたれば剃刀《かみそり》とたとえられる鋭い才能をあらわす宗光が、政府、自由党の双方から出獄後の帰趨をうかがわれるのも当然であった。

明治十四年十一月十三日付の「東北毎日新聞」には、獄中の宗光に憲法が九年後に制定され国会がひらかれたのち政府はどうなってゆくかとたずねると、立板に水を流すように答えられたという記事が掲載された。

陸奥はいった。

「国会が開設されたら内閣の組織はこうなる。陸海軍の組織はこうだ。何省の長官、何院の首長は誰々にする」

自分が組閣のすべてをおこなうような口ぶりでたちまち語りおえた。

聞き手が興に乗って聞いた。

「それじゃ太政大臣はどなたにすればよいかとお考えですか」

「そうだな。それはあの男がよかろう。参議はあれとあれ。そう考えてみればあの男も仲間入りさせにゃならんか」

聞き手はさらに宗光の意中をうかがおうとした。

「いろいろご高説を承りましたが、あなたはいかなるお立場におつきになられますか」

宗光はほほえみつつ告げた。

「俺は内閣書記官にしてもらえればいいね」

宗光は獄中でヨーロッパの法制度、政治哲学、歴史、経済論、フランス法などおびただしい書籍を読み、デモクラシー、議会制度についての理解をしていたが、まだ究めたい疑問が数多く残っていた。

宗光が八カ月の刑期を短縮され、明治十五年の年末に特赦をうけたのは、政府が自由民権運動を弾圧しつづける一方で、国民に対する寛大さを示す「寛猛併行《かんもうへいこう》」の方針をとることにして、国事犯への「大赦」の方針がとられることになったためであった。

明治十五年六月十二日、岩倉具視はウィーンにいる伊藤博文に送った手紙で、宗光らの処置について問いあわせている。現代文でしるす。

「樺山《かばやま》（資紀《すけのり》）警視総監が内密に申したててきた。諸条令を厳しくされる一方で寛大な態度をとられ、いわゆる寛猛併行のご方針で、陸奥宗光、林（有造）、大江（卓）ほか数十人に大赦をおこなってほしいといっている。ことに来年で宗光らは満期だという。このことについてどうか、早々にお考えを答えてほしい」

伊藤は八月十一日付の返信を送った。

「陸奥、大江らのことは閣議でも異議のないことでしたので、どうぞ寛典をお願いいたします」

伊藤は宗光が明治十年の西南の役のとき、自分を大久保利通らとともに暗殺しようという計画に協力したことを忘れていない。宗光は入獄中もながく政権の中枢にいた伊藤の本心を、知ることはできない。

たがいの友情がいまだにつながっているのか、たしかめようもなかった。だが宗光の出獄後の行動はきわめて慎重であった。ヨーロッパにいる伊藤からの指示、連絡が届いていたかのように見える。

明治十六年一月八日に義兄金田言と同行して東京への帰途についた宗光は、一月十三日に下総の古河へ着くと、長男広吉のほか多くの友人、知人が迎えにきていた。亮子ら家族の同居している、東京麴町の津田出邸に帰りついたのは、同日の午後三時三十分であった。

宗光の母政子は七十五歳、亮子は二十八歳、長男広吉は十五歳、次男潤吉は十四歳、長女清子《さやこ》は十一歳。投獄されたときから四年半の歳月が過ぎていた。

宗光は東京に戻ると連日の来客、歓迎の催しへの招待などで繁忙のうちにいた。一月十八日に外務卿井上馨《かおる》を訪ねたが留守であった。十九日に井上から手紙がきた。

「八カ年の長い間拝顔できなかったのは実に残念でした。昨日ご来訪いただいたが外出していたので失礼した。ついてはつもる話もしたいので、二十二日夜に再度お越し願えませんか」

宗光は出向いて井上と面談している。何事を語ったのか。井上は伊藤と同様に宗光の戊辰以来の旧友であった。今後の身の処しかたについての示唆をいろいろと受けたであろう。

　太政大臣三条実美は伊藤に送った一月二十六日付の手紙で、宗光が帰京してのちの行動は至極沈着であると、人づてに聞いていると記している。

　当時の自由党は政府のすさまじい圧力をうけ、破滅寸前に至っていた。きびしい法令が雨のように降ってきて、堪えきれなくなった者は官憲に屈し、また気力を失って山村へ逃げ隠れる者がいる。資産を費消して生計をたてられなくなり、自暴自棄に陥り前後をわきまえず、欲求不満のはけ口のような目先の行動に走る者もいたと『自由党史』に述べられているが、こんな混乱のなかで冷静に行動できる者は、めったにいない。

　自由党総理板垣でさえ運動資金をおおかたつかいはたしていた。一般の自由民権論者も明治二十三年国会開設の詔勅が下されたので、急に熱気がさめた。

　命がけで藩閥政府と政争をつづけないと自由民権をかち得られないという状況から、このまま運動をせずにいても七年後には国会が開設されるのであれば、しばらく情勢を見ようと考えるのである。

　自由党の壮士たちは資金に窮してくると、生活資金も持たないまま東京へ出てきて、無銭飲食をあえておこなう暴徒のようなふるまいをした。

　宗光が特赦をうける前におこった福島事件は、前途を見通せない窮境に追いこまれていた自由党員と、鬼県令といわれていた鹿児島出身の三島県令が激突した騒動であった。

三島県令が県会の意向をかえりみず土木工事をあいついで施工したため、県会議長河野広中を中心とした自由党員が激しい攻撃を県令に集中させた。

このため県令は党員を次々と捕縛し、河野ら幹部六人は政府に対し内乱をたくらんだとして処罰をうけた。運動費に窮し身動きのとれなくなった党内の急進派はやがて茨城県加波山で挙兵し、警察署などを襲撃する事件をおこすようになる。

このような動きを見ている宗光は、もはや自由党は解散するほかはなくなるだろうと判断した。宗光は苦境にある自由党に参加を誘われるが、応じれば男としての立場が世間の喝采を浴びることになるだろうが、その結果は党とともに潰え去るのみで、国利、民福をはかる夢は消え去ってしまう。

政府に官僚として出仕する道もあった。また井上馨らを通じて、ヨーロッパ外遊をすすめる声もあった。宗光はそのいずれを選択するか、考えをめぐらす。

――どの船にもうかつには乗れんわい。伊藤が帰国してから相談して決めるのが、いちばんええやろなあ――

宗光の出獄を祝う会は、あいついでいた。一月三十一日、東京在住の和歌山県人の祝賀会が、芝紅葉館で開催された。能、狂言が上演され、きわめてにぎわった。

二月三日、自由党の祝宴が京橋の精養軒でおこなわれ、中島信行、星亨、竹内綱、大井憲太郎らが出席した。

宗光は二月、三月をベンサムの著書を翻訳した『利学正宗』上下巻を出版するための版権免許を内務省へ願い出る手続きについやした。

宗光が故郷和歌山へ帰郷の旅に東京を出発したのは四月十五日であった。山東直砥が同行し、大阪に着くと夕陽岡の父宗広の墓に参った。

和歌山では宗光の帰郷を祝う懇親会を四月二十六日に県会議事堂でひらく計画がすすめられていた。会に出席を求める招待状の発起人に、和歌山県令神山《こうやま》郡廉《くにきよ》、県随一の名望家浜口梧陵《ごりょう》の名が記載されていた。

四月二十四日、大阪まで迎えにきた和歌山の人々と帰ってゆくと、道端に小学生数百人が列をつくって敬礼して迎えた。市中へ入ろうとすると、待っていた消防方、木挽職工らの群れが、三回声をあげて歓迎した。

宗光は馬車の戸をあけ手を振ってこたえるが、胸のうちでは油断をしていなかった。

宗光の帰郷を浜口梧陵はよろこんでいない。国事犯であった彼の帰郷を県民がこぞって歓迎するのを好まず、木国《もっこく》同友会会長であった彼は副会長中西光三郎と相談し、帰県をさせまいとした。

だが浜口と対立していた人々が宗光を迎えようとした。

「浜口さんは温厚篤実な紳士である。政権をあらそう闘争などは、口ではやれるといったところで、その精神と行動はとてもできるものではない。陸奥さんは幼時から藩を出て国事に奔走してきた。ついにこのため元老院幹事の職をなげうち監獄に入ったほどの人物で、英雄にちがいない。そんな人をなぜ帰県させまいというのか」

彼らは浜口の考えを宗光に通報し、浜口と深い交際のあった福沢諭吉に仲介を頼み、和歌山で宗光の大歓迎会をひらかせることを承知させてもらった。

懇親会のひらかれた県会議事堂は、軍人、裁判官、県官、郡吏、県会議員、郡代表者ら四百余人で埋めつくされた。

会場の内外は宗光の生家伊達家の家紋「蟹牡丹《かにぼたん》」の紅提灯がつらなり、はなやぎをそえた。

「和歌山日日新聞」によれば、宗光は父宗広、兄宗興が突然藩の制裁をうけ、一家流難に至った事情から語りはじめた。

維新後、和歌山藩のために多少はたらいたが、政府に出仕するようになってからは和歌山県のために活動できなくなったという。

明治十一年からの入獄について、わが身のけがれにとどまらず、和歌山人の面目をけがしてしまったことを詫びた。和歌山人のためにすこしも利益を与えず、多少の損害を与えたというのである。

だが帰郷してみると諸君は前科者である自分をこんなに歓待してくれる。自分に何の徳があって郷里のあなた方からこれほど優遇してもらえるのか私にはわからない。感謝の言葉もなく、慙愧《ざんき》に堪えないと、宗光はわが身を責めた。

古い諺に錦を着て故郷に帰るというが、垢がつき汚れ古びた衣を着て帰郷した私が諸君のおかげで、新調した錦繍《きんしゅう》の衣服を着たような気分にさせてもらい、諸君の厚意にどのように酬《むく》いるべきかわからないと宗光はひたすら低頭して挨拶を終えた。

宗光が和歌山から東京へ帰ったのは、五月十二日であった。十歳のときに城下の屋敷から追放された心の疵は、宗光の内部に消えることなく残っていた。

和歌山は故郷でありながら、なつかしむことができるなごやかな雰囲気を味わえるような土地ではないと、宗光は苦い思いを噛みしめていた。

# 宗光外遊

明治十六年七月二十日、右大臣岩倉具視が世を去った。享年五十九歳である。同月三十日に陸奥宗光は長男広吉を連れ、日光へ避暑旅行に出向いた。

八月三日、西欧諸国を歴訪し一年余の歳月をついやして憲法調査の任にあたっていた伊藤博文が帰朝した。

八月下旬に東京の自宅に戻った宗光は、伊藤としばしば会い、それまでのたがいに蓄積した意見を交しあい、立憲政体の成立についての討論は尽きることがなかった。

宗光は明治十五年三月三日、勅命によって欧州立憲制度の各国を歴訪し、憲法調査の資料をたずさえてきた伊藤から、ドイツ式国家論を説く碩学《せきがく》、ローレンツ・フォン・シュタインの学説を聞き、おおいに刺戟《しげき》をうけた。

伊藤がプロシア憲法を大日本帝国憲法にとりいれようと考えたのは、岩倉具視の遺志を継ぐためであった。

岩倉は明治四年から六年にわたり、特命全権大使として外遊し、日本で憲法をつくるときは、プロシア型を採用すべきであるという意見を持っていた。

プロシアとはドイツのもっとも強大な王国で、明治四年にドイツ統一をなし遂げた。岩倉はドイツ皇帝ウィルヘルム一世、ビスマルクと会見し、ヨーロッパで国力を隆々と築きあげている、プロシアの実態につよい興味を抱いた。

プロシアは大小の王国を征服、合併してドイツ帝国を出現させた。その戦力は全ヨーロッパにぬきんでており、イタリア、ギリシャなどは足もとにも及ばない。日本はなおそのはるか下風にある。

だが岩倉はいった。

「プロシアは帝国創立を実現した経緯が、日本と非常に似通っている。英仏の憲法を採用するよりも、政権運営に有益であろう」

岩倉はイギリスのように、議会が国政の全権を持つか、プロシアのように議会は立法権の成立、改廃のみにかかわり、行政は皇帝の権利とするという形式を比較し、プロシア方式をとった。

「イギリスのように二大政党制をとると、維新後間もないわが国では、専制政治のもとで人心が治まっておらず、廃藩された士族の遺恨も残っている。

議会の多数決によって内閣を交替させるとなれば、政権交替がたちまち実現され、政府の運営が危難にさらされる。

また政府の首脳官僚を政治任命するとなれば、現在の官僚を一挙に交替させる人材を採用できるだろうか」

日本はイギリスのような文明国ではなかった。酷薄な薩長閥の専制政治がつづいているのであった。

参議黒田清隆が夫人を斬殺する事件をおこしたのは、明治十一年三月のある夜であった。黒田は泥酔すると酒乱の動きをあらわす悪癖がある。

北海道沿岸を軍艦で航行するうち、艦砲一発を陸地へ発射せよと命令してやまず、砲手はしかたなく一発を発射し、着弾地点の付近にいた少女が死んだ。

黒田はわが権力によって事件を表立たせることなく、揉み消してしまった。彼は自邸ではたらく侍女らを酩酊《めいてい》すると力ずくで犯し、子供を生ませる。

夫人は旗本中山勝重の娘で、十三歳のとき二十七歳の黒田の妻になった。十年が過ぎ、二十三歳の夫人は病がちで床に就くことが多かったが、事件がおこった理由は彼女の出迎えが遅かったためであるといわれる。

実家の中山氏は憤激したが、政府の実力者を殺人罪に問うことができず、沈黙を強請された。

だが噂はたちまちひろがり、「團團珍聞《まるまるちんぶん》」四月十三日号に一ページの諷刺画をつけた記事が掲載された。世論は八方へひろがり、黒田はついに辞表を提出し、出仕しなくなった。

伊藤、大隈の二参議は大久保内務卿に黒田の処断を迫った。

「日本は法治国家ではありませんか。この一件を処断せずにいて政府の面目が立ちませんぞ」

大久保は追及されたが、薩閥の権力を保全するために伊藤らの意向を無視しようとした。

「黒田はさような惨忍な所業をする者ではない。私が取り調べ黒白を定めるまでこの件は任されよ」

大久保は大警視川路利良《かわじとしよし》に検視を命じた。大久保の腹心である川路は医師と警吏たちを連れ、黒田夫人の墓をひらき、棺の蓋をひらきいいはなった。

「これを見られよ。他殺の痕跡はないだろうが」

黒田はこのあと大久保のすすめに従い、辞表をとりさげ原職に戻った。

大久保は五月十四日、午前八時半に宮中で開かれる元老院会議に出席のため、二頭立ての馬車で出向く途中、石川県士族島田一郎、長連豪《ちょうつらひで》ら六人の刺客に斬られ、乱刃のもとに落命した。

島田らが宮内省に提出した斬姦状に明治政府の失政五カ条が記されていたが、第二条に法律を無視した黒田の事件があげられていた。

「黒田清隆酩酊《めいてい》ノ余リ、暴怒ニ乗ジ其妻ヲ殺ス。タマタマ川路利良其座《そのざ》ニ在リト。シカシテ政府コレヲ不問ニ置キ、利良マタ知ラズト為シテ止《や》ム。アア、人ヲ殴殺《おうさつ》スレバ罪大刑ニ当ル」

政府の大官が衆人環視のなかで妻を殺害しても、刑事責任を問われないのは未開国である。イギリス式の議会方式が運営できる国情ではなかった。

明治十三年七月、伊藤が天皇の内命により会計監査をすると、国庫に準備されていたはずの銀正貨二千余万円が、八百万円に減少していた。

大蔵省を支配する大隈重信が、独断で正貨をイギリス人に売却していた。大隈は政府のかかえる各種公債、不換紙幣など四億円に及ぶ負債を整理するため、イギリス公使パークスのすすめに従い、オリエンタル・バンク前支配人を用い、大銀行をつくろうとする意見を提案した。

政府内部では薩閥が大隈案に賛成し、伊藤を中心とする長州閥は黙視している。情勢がどのように発展するか、見当をつけることもできない。なりゆきしだいでいつ国家をゆるがす戦争がおこるかも知れない雲行きであった。

日本は裁判、関税についての自由権を持たない、不平等条約を甘受しなければならない後進国であった。国家財政が大幅な赤字で、借入金返済の見込みが立たないまま、不平等条約という悪条件のもと外債募集をすれば、返済がとどこおったとき、国内の利権をあいついで奪われ、ついには国土を占領される結果になる。

エジプトがイギリス、フランスから二十五億フランの外債を借りうけたとき、高利の返済がとどこおると、たちまち国内経済を彼らに奪われた。一八八二年(明治十五年)に、圧迫に堪えかねたエジプト国民が暴動をおこすと、イギリスはたちまち軍隊を派遣し、スエズを占領した。

トルコ、チュニジアもおなじ運命を辿った。チュニジアは一八七八年(明治十一年)に、フランスに併合されてしまった。

大隈の外債募集の企画は、閣議で否決された。欧米ではイギリスだけが先行していた産業革命が諸国で発展し、貿易競争がはげしくなるばかりで、その結果たがいに競いあって保護関税を厚くすることになった。

日本は先進諸国の生産品の輸出攻勢と、軍事力増強に脅かされ、不平等条約を甘受して、その日暮らしのような財政危機に堪えてゆかねばならなかった。

伊藤は大隈と協議し、さしあたって不足する国費一千万円を、酒造税増税で四百万円を取りたて、ほかに地方税、各省経費の削減、道路堤防費、監獄費の節減によって不足分をまかなうことにした。

民権家はこの政府の措置に激昂した。

「現在の財政難は、西南の役の軍費消耗によるものである。政商の三菱、大倉組、藤田組らが薩長首脳と結び、どれほどの不当利得を得たかを、われわれは知っている。しかも財政に窮するいまでさえ、参議連は競いあって豪邸を建築し、熱海などで半月の間に数千円の浪費をしているではないか」


宗光は伊藤からシュタインの保守的国家論を聞かされ、興味を持つようになった。シュタインはヨーロッパの学都として聞えたウィーンの、ウィーン大学教授であった。社会学、国家学、政治学、行政学、法制学、財政学、経済学、国防学についておびただしい著作を発表し、その名声はオーストリアにとどまらず、ヨーロッパ諸国に知れ渡っていた。

伊藤は宗光にすすめた。

「君がベンサムの理論を尊重し研究をきわめてきた理由はよく分かるよ。最大多数の最大幸福を理想とするベンサムの功利論による自由主義はたしかに理想ではあるが、文明の最先進国であるイギリスでようやく根づいたそれが、日本のいまの情勢に適するものか。

君は俺とともに今後の政府を支えていってほしい切れ者じゃ。そのため君にヨーロッパへ外遊してもらい、シュタインの国家論とベンサムの功利論のいずれをとるべきか、見きわめてほしいのよ」

宗光は参議兼制度取調局長官の伊藤が、長州閥を率い大久保、岩倉亡きあとの政府を統率してゆく、政府の最高権力者となることを知っていた。宗光は答えた。

「よかろう、君のすすめに応じることにしよう。外遊の手配はあいすまぬがよろしく頼むよ」

伊藤は商法会議所会頭渋沢栄一《しぶさわえいいち》に、宗光外遊の経費調達を依頼した。

渋沢は三井銀行副長へ送った書状に、宗光の洋行費の内容をつぎのように述べている。現代文でしるす。

先頃三野村（利助日本銀行理事）君に内々でご依頼していた陸奥宗光氏洋行経費ご補給の件は、別紙の通りおよそ二カ年（往復費用とも）滞在できるようにいたしました。

その筋よりはすでに下付金が届いたので、この際各人よりもご醵出《きょしゅつ》願いたく、どうぞ金千円を小生までお持ち寄り下さい。

これはごく内密の話で、陸奥にもくわしく伝えておりません。つまり山県《やまがた》、伊藤両参議より小生へ内談があったので、その辺もお含み下さい。何分参上してお願い申しあげるところを、とりあえず書中でお願い奉ります。

二月十五日

渋沢栄一

西村虎《とら》四《し》郎《ろう》様

別紙　洋行費途出金調書

一、金五千円也　ある人より醸出

一、金弐千五百円也　古河市兵衛

一、金千五百円也　渋沢栄一

一、金千円也　三井

一、金千円也　原善三郎

合計金壱万千円也

ほかにおよそ五、六百円は古河、渋沢両人にて補足のつもり。

右の金で洋銀一万ドルを買い取り、これをもっておよそ滞在壱ヶ年半及び往復船賃そのほかの経費に充分の見込みです。

ある人より醸出したという五千円は、伊藤ら政府側が出した「その筋よりの下付金」であろう。原善三郎は横浜の貿易商である。

宗光は政府の支援によって外遊するときめたうえは、帰国後伊藤と行動をともにするつもりであったのであろう。

四月二十日、上野精養軒で宗光の送別会が催され、参会者は百余人であった。四月二十七日、宗光は東西汽船オセアニック号で横浜からアメリカへむかった。アメリカではワシントンで議会政治を実見し、シカゴで大統領候補指名の状況を観察したあと、イギリスに渡りケンブリッジ大学の法学者に立憲政体についての意見を聞く。そののちウィーンへおもむき、シュタインの個人教授をうけるのである。

イギリス憲法では総理大臣は国会の選挙で多数が支持して決める。それを責任内閣制という。国会議員の支持の多少にかかわらず、国王が決めるのがプロシア憲法であった。

宗光は明治十七年六月八日、アメリカから愛妻亮子に手紙を送っている。現代文でしるす。

「今度の私の留守は、監獄にいたときの留守とは事情が違うが、前とは事情が違い、いろいろとむずかしいこともあろうと思う。

くれぐれも他人に笑われないようご用心下さい。私も同様で、宮城監獄にいたときとは雲泥の違いで、晴れがましいようではあるが、このまま何のはたらきもなく帰国しては世間に面目のないことになる。

そのため日夜いろいろと調査研究をしている。いってみれば監獄では苦中に楽があったが、今度の旅行は楽中に苦ありといえるだろう」

宗光はアメリカ視察に一カ月半ほどをついやしたのち、明治十七年七月八日にロンドンに着いた。

かれはロンドンに明治十七年末まで滞在して、ケンブリッジ大学の学者に議会政治の問題点についての意見を学ぶつもりであったが、ウィーンのシュタインが病気であったため、数週間にわたって憲法についての講義をうけたいという希望はうけいれられなかった。結局、宗光はウィーンにむかうのを、明治十八年三月下旬まで延期した。

宗光はケンブリッジで法律学の講師をつとめる、弁護士のワラカー博士に日本のとるべき政治方針について、詳細に個人教授をうけた。

宗光がヨーロッパ滞在中に記した七冊のノートは、神奈川県立金沢文庫に現存し、そのなかにワラカーに対する質問が書きこまれている。

「ある国は絶対君主制をとっているが、そのかわりに立憲制をとろうとしています。しかし二十年前には三百に近い封建領主が大小の藩にわかれ統治する封建制が敷かれていた。それから単独の政府が統一支配するようになった。

近代国家としての画期的進展はあったが、地域によって利害関係の相違があらわれ、封建時代の意識もいまだに続いている。こういう国情のもとで憲政による責任内閣制をとることは、効果のある手段といえるだろうか」

ワラカーは日本のような国にとって、責任内閣制をいまただちに採用できるだろうか。疑わしいと答えた。

「責任内閣制はイギリスでも出来あがるまでに二世紀がかかりました。この制度をとれば、君主の権力は縮小にむかい、最高権力は立法府に移ってゆくことになります」

宗光はたずねる。

「先生のお考えには私も同調する思いを持ちます。たしかに日本に責任内閣制が採用される可能性については、疑問の多いところです。

もし責任内閣制がなかったとしても、人民の希望をいくらかでも聞きいれようとする立憲体制のほうが、専制君主制にくらべはるかに多い利益を人民にもたらすのではありませんか」

ワラカーは熟考ののちに答えた。

「立憲制度は、いまただちにイギリスのように施政のすべてにおいて閣僚の責任とすることがないとしても、人民の希望をいくらかでも採用する憲政によって動けば、専制君主制より人民にとって有利だと思います」

宗光はいった。

「あなたは責任内閣制度のもとでは君主の権力が徐々に議会に移ってしまうとおっしゃった。権力が君主から議会に移らなければ、制度は人民のためにはなりません。またそうならねば君主制度をもりたて、長く維持できません。そのため国王に忠誠を誓う者は、政体を改革し責任内閣制をとるべきだと思います」

ワラカーは宗光にひとつの疑問を投げかけた。

「国家の政府は、人民の希望をうけいれつつ完成してゆくものでしょう。しかし日本の帝《みかど》はわが権力を議会に譲ってゆかねばなりません。その実情を帝はあらかじめ知っておられねばならないのです」

ワラカーは「君臨して統治せず」というイギリス王室の立場を宗光に語った。

「イギリスでは政府閣僚は君主と議会の双方に責任を持つ。だが実情は下院が支持する政策をとることになる。

政府が下院の信任を得られないときは、君主を支持する責任を果たせなくなる。そうなれば権力委譲が実行されなくても、権力は下院の多数派政党のリーダーの手中に自然に入ることになる」

宗光は藩閥政府がいかに政治の実権を握り、議会解散を幾度くりかえしても、多数の野党が議席におれば藩閥政府はしだいに勢いを弱め、やがて消滅し、下院の多数派の政党指導者の手に権力が移るという事情を、ワラカーの懇切な説明によって知ったのである。

当時の日本の専制政治は、国民の大半を占める農民、小商人、労働者を地獄の底へ突き落すような収奪をおこなっていた。

明治十四年十月の政変後、大隈重信、佐野常民のあとを継ぎ大蔵卿となった松方正義は、もと薩摩藩船奉行であった、

国庫に正貨準備金の銀貨はわずか七百万円。百五十以上に達した国立銀行の発行した不換紙幣は一億五千三百万円に達していた。

物価はすさまじい高騰をつづけていた。東京の米相場は明治九年に一《いち》石《こく》につき五円一銭であったが、明治十四年には一石十四円四十銭となった。国内の金銀は海外流出がやまなかった。

松方はインフレーションをおさえるために不換紙幣を、増税によって回収し廃棄する。輸出を促進して、正貨と紙幣を等価で交換できる兌換《だかん》制度を実現させ、産業資本の急成長をはかろうとした。

松方の低所得者層から酷税をしぼりあげる方針を、伊藤、山県の両参議は強く支持した。彼らは財政をたてなおし、陸海軍増強をはかろうとしていた。

西欧の大国であれば、アフリカ、アジアの植民地の民衆を餓死直前に追いやり絞り

あげてきた利益で国庫をうるおしたであろうが、松方ら専制政府の重鎮らは、旧幕時代の領主たち、政府要路と結託して莫大な資産をこしらえていた政商らの資産には手をつけない。かつての大名は華族として皇室の藩屏《はんぺい》としての実力をたくわえさせる。

政商は商業、貸金業の資本家として、西欧列強に対抗しうる大産業を設立させ、ひたすら軍備拡充をすすめさせる。

国税は営業税、消費税がいっせいに増やされた。そのはなはだしいものは酒税である。明治八年に二百五十五万円であった税額が、十七年には千四百万円を超過した。

農家の支払う地租《ちそ》は明治十四年から十七年まで年間四千三百万円で横這いのように見えるが、この間に米価は暴落をつづけていた。農民は地租を金納しなければならないので、負担の実質は倍増していた。

国家財政は迅速にたてなおされていった。その財源は、さまざまの名目により零細農民から収奪した地方税であった。

明治十四年に一億五千三百万円であった不換紙幣は、五年後に九千七百万円に減少し、国庫正貨の銀貨と一対一となった。

物価は低下し貿易は赤字から大きな出超になり、正貨蓄積高は増加するいっぽうであった。

明治十五年六月、松方は日本銀行条令をさだめ、中央発券銀行とした。いよいよ資本主義を発達させるため、産業資本家たちを育てる舞台造りをはじめたのであった。

これまで政府に接近して資本をたくわえてきた政商たちに、農民らから取りあげた酷税によって経営してきた、優良な国有の鉱山、工場、造船所を払い下げることにした。

三菱は明治十七年、長崎造船所を無償で貸与され、三年後に払い下げられたので、東洋一の規模の造船所をつくりあげ、重工業へ発展してゆく。

三井は三池炭鉱を、囚人労働者を使役して操業する。このとき三菱は佐渡金山、生野銀山の経営を任された。

政府の払い下げによって台頭した財閥は、浅野セメント、銀山の藤田組、銅山の古河市兵衛、造船の川崎正蔵などの政商たちであった。

松方のデフレ政策によって、すべての収入資本を吐きだし、借財の山をつくったのは農民たちであった。

農作物の価格がすべて暴落するなか、増額された国税、地方税を支払うすべもない彼らは、高利貸から借金せざるをえない破目《はめ》に追いこまれる。

明治十七年、全国農民の負債は二億円に達する恐るべき不況となった。明治十八年、裁判で破産宣告をうけた者は、十万八千五十人となった。十万戸が破産すれば、住居を放り出された人の数は、一戸四人と見れば四十万人に達する。

破産するまえに全財産を高利貸に渡し、小作人となった者の数は、その数倍に達したといわれる。米一石の価格が明治十四年に十四円四十銭であったが、十七年には四円六十一銭に低落していた。

地方で四カ村、五カ村の戸長、学務委員をつとめる者は数十町歩の田畑を所有している。彼らは村民たちが借金の泥沼へ落ちこんでゆくのを、全力をあげて防いだ。

その結果、数年のうちに戸長など名家もまた村民とともに没落していった。

地方行政を守る郡役所、裁判所、警察署などは国家権力を実行するため、法律を楯に高利貸らの権利を守った。

農民たちが生活権を守るために数千人が集合し、「借金党」「困民党」と称する集団を結成し、貸金業者と交渉しようとすると、警官らが「兇《きょう》徒《と》嘯集《しょうしゅう》」罪に相当するとして捕縛し蹴散らす。

高利貸の貸付金は十円を借りいれると、二割が利子手数料として取られ、手渡されるのは八円である。貸付期限は三カ月であるので、一月二十日に借りて四月二十日に返金すれば元利合計十円六十六銭六厘で清算できる。

だが戸長の情にすがり借金をして一時逃れをはかった赤貧の農民が、わずか三カ月の間に返済できるわけがない。借金をさらに継続するとなれば、額面の元金は利子手数料二割を加え十二円七十九銭余となる。

継続手続をせず支払いを遅滞すれば裁判所から罰金刑をうけ、貸主は抵当物件の競売を実施できる。

十円を借りいれた日から二度めの返済期限である六カ月後には、借入元金の額面は十六円三十七銭余。三度めの期限がくると二十円九十五銭余となる。

こうして農民たちは田畑住居のすべてを失い、彼らを救うために資産を保証金としてさしだした豪農も赤貧に陥ってゆくことになった。

身売り、自殺者が激増する農村では、豪商、戸長らのもとに結束し困民党の組織を結集し、自由党の壮士らと協力し、一揆暴動をおこすようになった。

その結果は憲兵、鎮台兵出動による暴動の強制鎮圧により農民たちは逮捕され、投獄、死刑の残酷な処断をうけた。

政府が農民、零細商工業者らの生血をすするような酷税による収奪により、洋式器械、造船などの諸工業をおこそうとしたのは、欧米先進諸国資本の流入により、国家権力を奪われかねない危険が、常に眼前に迫っていたためであった。

だが財政危機を乗りこえるため、限られた財閥の育成のみを急ぎ、多数の国民に猛火のような徴税をしかけたのは、専制政治でなければなしえない暴挙であった。

そのうえ明治十七年から十八年にかけ、日本全土は天明の大飢饉以来といわれる悪天候による食糧不足に襲われた。

岩手では草根木皮《そうこんもくひ》をかじり死馬の肉をくらう農民の窮迫した生活が新聞に掲載され、鹿児島でも餓死者が急増している。

京都では二条城外堀に投身自殺する者が多く、各地で強盗がさかんに出没した。徳島県では飢餓に責められる者が八万人、和歌山県那賀郡でも、窮民が激増した。乞食は集団で横行し、辺地では村人を脅迫して金銭食物を奪いとった。

宗光はヨーロッパ滞在中に宿痾《しゅくあ》の結核が一時悪化したにもかかわらず、連日十時間を勉学にあてていたといわれる。それは、プロシア型の憲法を採用しても、結局はイギリス型憲法採用の場合と同様に、議会の多数をおさえる政党指導者の手に国家権力が掌握されることになるという事実を知りたかったためであった。

宗光は妻を斬殺した黒田清隆とは別の時代の住人であるかのように、妻亮子にあてた手紙に情愛をあらわしている。彼は亮子に幾度となく語りかけている。現代文でしるす。

「夫婦は生涯の旅の道づれであるから、晴雨寒暑をとわず何事もかならず共に経験しなければならない。このことはともにいるときもいまも決してかわらないのである」

宗光は外遊中も彼女の気持ちを自分にひきつけておこうと、文章に力をこめる。

「あってほしくないことだが、もしあなたが病気になった時はただちに電信で知らせてもらいたい。いつでも帰国するから」

山形、仙台から亮子へ送った手紙にも、読書などをすすめていたが、ロンドンからの書中にも同様な内容が述べられている。

「あなたは読書にも親しんでいることだろう。もし余暇があれば新聞の社説などに目を通してほしい。ひと通りの世間の有様を知ることが必要だ。この国の女性たちはたいてい新聞を読んでいて、深い知識はないもののいろいろのことを知っている。われわれと話をおもしろくかわせるほどの知識はある。

日本の女性が社会に出て交際をする機会のすくないのは、第一には昔からの習慣で、あまり他人と交際しないことになっているためだ。

第二には他人と交際してもとりわけ話をかわす知識がないので、自然に交際が疎遠になってゆくためである。

交際のときの世間話の種はいろいろあるが、主に新聞の記事をとればよい。そのつぎは小説、たとえば八犬伝、弓張月などを読み、その内容についての話などをすれば、たがいに気が楽になり、知恵も生まれてくるものだ。まず第一にしっかりとした書物、日本外史、十八史略、西洋の翻訳書などを読むいっぽうで、日々新聞を読むことにすればよい。

新聞は東京日日がよい。小新聞は読んでも格別に為にはならない。八犬伝は清《さや》（十三歳の長女）にも毎晩すこしずつ読ませてやってほしい。

また読書の間には毎日一度ずつ運動をするようにせよ。この国の女性は一日のうちにすくなくとも一度は外出しない者がない。

しかしあなたは外出を好まないから、せめて一日に二、三十分ほどは庭に出るようにしてほしい。また折り折りには上野公園へ出かけるのもいい。

これははじめは楽しくないだろうが、務めであると思って運動すれば、のちには楽になってくるものだ」

宗光はシュタインの都合により帰国が遅れるのを亮子が気にしているので、なだめている。

「いつも手紙で私の帰国につき問いあわせてくれるのはもっともで、無理をいうとは決して思わない。私も言葉が充分に通じない土地での生活は随分不自由で、何事もすべて自分でせねばならない。

ちょっとした物を買うにも自分で出かけ、郵便局へも出向かねばならず、日本にいる時のようにわがままもできないので、一日も早く帰りたいが、世間の見る眼もあり何とか仕事の始末をつけなければ、早々に帰るわけにもゆかない」

宗光は明治十八年三月八日付の手紙に、お互いにあと二十年は生きるだろうから、行く末を楽しみにして、今の不自由を忍んでほしいと書いている。

明治三十年に五十三歳で世を去った宗光の余命は十二年、亮子のそれは十五年を残すのみであった。

# 引かれた弓弦《ゆづる》

陸奥宗光は明治十八年八月十五日にウィーンを離れ、半月ほどロシアのペテルブルク、ニジニ・ノブゴロード、モスクワへ旅行し、ベルリンからロンドンへ戻ったのは九月十四日であった。

ただちに日本へむかう汽船をさがし、帰国するつもりであったが、古河市兵衛《ふるかわいちべえ》、渋沢栄一から、ロンドンの銅相場、海外銅山の現況についての情報を集める依頼をうけたので、帰国を三カ月ほど遅延することになった。

宗光は十二月十六日にロンドンを出発する汽船でインド洋を経由し、帰国するとの電信を亮子のもとへ送り、明治十九年一月二十五日には香港到着を知らせている。神戸に着いたのは二月一日であった。

帰国した宗光は、駐オーストリア公使西園寺公望《さいおんじきんもち》が、彼のシュタインのもとでの勉強がおどろくべき精力を集中したものであることを、伊藤博文に二度にわたり手紙で知らせていたので、早々に官途につくことをすすめられた。

西園寺は宗光の非常な勉強ぶりについて、つぎのような内容の手紙を送っている。現代文でしるす。

「彼がウィーンにいる間は猛烈なプロシア憲法の研究をおこない、帰国後お会いになれば、きっと見違えるような識見をそなえているだろうと存じます。

小生が考えると陸奥ほどの人物を政府ではたらかせねば、当人が大損であり、国家としても得策ではありません。

願わくばできるだけ早く政府にお取りたてになられてはいかがですか。これは陸奥のためにいっているのではありません」

伊藤、井上馨は宗光の親友である。西園寺の推選をわがことのようによろこんだであろう。

帰国した宗光は、三月に大阪夕陽岡の父宗広の墓所に参拝し、郷土を訪問したのち五月上旬に帰京して、下谷根岸に新居を設けた。

伊藤、井上から官途に就くようすすめられた。彼は下谷に住むようになってから、心中を外に洩らすようになった。

「俺の身上については、伊藤、井上に任すことにしたよ」

今後のとるべき政治方針については、多くを語らず、「府県会の規則改正が必要である」というだけであった。イギリスの地方行政の基盤が堅牢であるため、責任内閣制度が順調に運んでいることを重視していたのである。

宗光が帰国してみれば、自由党は解党し、自由民権運動は政府の激しい弾圧のもと気息奄々《えんえん》たる有様であったが、彼の復帰を待ちわびる声は多かった。

宗光も将来自由民権が国家組織を動かす力をそなえる日がくると思っていた。ケンブリッジのワラカー博士から詳細な説明をうけていたためである。

彼の著書『小伝』にも、いずれは日本が政党政治によって運営されるようになるとの見通しを記している。

明治十九年十月二十八日、宗光は勅任官二等、年俸二千三百円の外務省弁理公使に就任した。かつて「日本人」一篇に藩閥政府の欠陥をあばき、大蔵省少輔心得の地位を去った彼であれば、就任しなかったであろう。

だが宗光は政府の命令をうけた。外務卿に就任しても当然と見ていた朝野の人々は、彼の選択に非難の声を浴びせた。

宗光が官途に進むのを反対しなかった友人たちは、あまりのことにあきれ失望せざるをえなかった。彼の才幹をねたんでいた者は、このときとばかり、あいつは藩閥に屈してしまったのだとあざける。

宗光は当時の心境について、『小伝』に述べているので、現代文でしるす。

「私が出獄してのち、朝野の友人たちから今後進むべき道についていろいろとすすめられたが、海外に飄然《ひょうぜん》と巡遊した。帰朝すると出獄したときと同様に朝野の友の助言がきわめて多かったので、今後の処世の道を官界、民間のいずれにとるべきかの大きな分かれめに立ち至った。

私は政府大官が思うように民間政党が単に有害無益の浮浪人の集団であるとは考えていない。

かえってこれらの政党を育成すれば、日ならずしてわが国の政界において一大勢力をそなえるに至るであろうと信じている。

しかし自分の過去をかえりみれば、すでに国家叛逆の大罪を犯し、長期にわたり獄中にいた身である。

それがいままたただちに政府反対の立場に身を置くのは、こころよくできるものではない。

そのため官民のいずれかへの方途を選ぶのであれば、まずいったん政府に奉職すべきだと判断した。

政府では伊藤、井上の両伯がもっとも忠告してくれ、ついにこの任命に至ったのである。だが私の旧友たちのうちでも特に和歌山の友人たちが、私の政府出仕についで、異議をさしはさむことはしないが、私にかねてから高い期待を抱いていてくれたので、この拝命に際し茫然として非常に落胆した者もいた。

しかし私はいったん官界に進もうと決心したからには、官職の高下や地位の尊卑は論ずるにたらないことであるとして、断然この任命を拝受したのである」

宗光のもっともかわいがった子分ともいうべき存在である星亨が、このときに怒った。

「あなたが弁理公使に甘んじるほど気概がないのであれば、何事がおこっても助けません」

宗光は顔に朱をそそぎ星を罵倒した。

「俺がなにをしようと、お前にかれこれいわれるわけはない。俺はいままでお前を助けてきたが、お前に助けてもらった覚えはないぞ。この先お前の力を借りることはないのだ」

星はわれにかえり、宗光を崇めるあまり無礼の言動をしたことを詫びた。

このような挿話が残っているほど、宗光を支持する人々の彼への評価は高かった。

宗光は明治二十年四月二十七日、特命全権公使に昇任、同年五月に駐英公使就任を伊藤からすすめられた。

当時の駐英公使は、現在の国務大臣に匹敵する重職である。伊藤と井上は宗光を厚遇し、やがては有力な閣僚として協力してゆきたいと望んでいた。

だが国事犯であった彼をはじめから重職に就任させると、反対派から非難されるため、低い段階を踏ませたのである。

宗光はその事情を知っていたので、伊藤のすすめをうけいれたかったが、肋膜炎をわずらっていたため、辞退せざるをえなかった。

伊藤博文は太政大臣と左右大臣の三大臣が天皇に政治上のすべての成果に責任を持ち、参議は三大臣に協力するだけであるとする太政官制を廃止し、明治十八年十二月二十二日に内閣制を発足させた。

それまでの三大臣には政治を運営する実力はなく、すべてを参議に任せていた。伊藤は名目だけの三大臣を廃止して、参議を各省大臣としてそれぞれの担当する部門の行政執行にあたらせることとした。

伊藤は内閣総理大臣に就任した。四十五歳であった。彼は周防国熊毛郡束荷《つかり》村の、長州藩足軽伊藤直右衛門の傭人林十蔵の子として生まれた。

七反百姓ともいわれる零細な農民の子であった伊藤は、維新の風雲に乗じ総理大臣にまで登りつめたのである。

日本政府は有力な大艦巨砲を装備した清国海軍に東シナ海の制海権を奪われないため、対馬などの離島に砲台を構築し、防備をあつくすることにつとめていた。海軍卿川村純義《すみよし》は議会の承認を得て、日本海軍二十五隻二万七千トンを四十三隻として屯数を倍加する方針を実行に移す。

清国海軍の主力艦である七千トン級の定遠、鎮遠らに対抗しうる鋼鉄製の大艦三隻の製造をイギリス、フランスに発注した。

高千穂《たかちほ》艦　三七〇九トン、発注先　イギリス・アームストロング社、価格二百六万円

浪速《なにわ》艦　三七〇九トン、発注先　イギリス・アームストロング社、価格一九三万円

畝傍《うねび》艦　三六一五トン、発注先　フランス・シャンチュー社、価格一五三万円

国民の血と汗からしぼりだした購入費であったが、新造艦のうち畝傍艦はフランスから回航されるうち、明治十九年十二月三日シンガポールを出港してのち、なんの痕跡も残さず行方不明となった。

二十四センチ砲四門、十五センチ砲七門の重装備で十七・五ノットの快速を誇る巡洋艦であったが、排水量から見て搭載装備の重量が過剰であったため、復原力に難点

があり、海の藻屑となったのであろうといわれた。

明治十九年八月、旗艦定遠以下の清国北洋艦隊が長崎に入港した。清国はアヘン戦争で英仏に屈したが、その後国力を回復し、西欧諸国から「睡《ねむ》れる獅子」と警戒視されるようになっていた。

清国海軍は戦力規模において日本をはるかにうわまわる。明治十五年に朝鮮で壬午《じんご》事変、明治十七年に甲申《こうしん》事変がおきた。

事変は李朝の士卒が冷遇をうけたため叛乱したものであった。清国は日本が在留邦人保護のため派兵するとの情報を得ると、ただちに三千人の兵団を漢城（ソウル）に派遣し、李朝閔妃の戚族政治の後楯となった。

明治十七年十二月、日本と協力し新政策を実現しようとする志士金玉均らが蜂起し、いったん王宮を占領した甲申事変がおこった。このときも袁世凱《えんせいがい》が率いる清兵千五百人が漢城に殺到し、金玉均は日本公使とともに仁川から海路をとり逃げた。

日本国内では清国と勝敗を決する主戦論が台頭した。旧自由党、改進党員が決起し、高知県下では板垣退助、片岡健吉のもとに千人以上の義勇兵士志願者が結集した。だが、清国に武力で制圧された金玉均を応援して決戦に及ぶだけの戦備を日本はととのえられなかった。

福沢諭吉は新聞紙上で軍備の強化を急がねばならないと論じた。

「現在清国海軍の軍艦総屯数は、わが国の三倍近くに及ぶ。清国は財政も豊かで、専制主義国だから、王家の命令により何事も実施できる。

日本が現在のまま陸海の軍備増強をおこなわず、清国が先を越すことになればどうなるか。日本が出兵しないうちに朝鮮を併合し、さらに琉球へ攻め寄せてくるならば、日本も戦争をしないわけにはゆかない。

近頃の戦争は将兵の勇気がどれほどさかんであっても、武器の優劣によって勝敗がきまるものだ。日本人が勇敢でありながらも武器の性能がわるいため敗北すれば、どうなるか。

清国軍艦が東京湾に押し寄せ、横浜、品川辺りから東京市中に砲弾を雨と降らせる。市中は大混乱となり市民は七転八倒して泣きわめくばかりだ。清兵は黒煙うずまく中へ上陸して、侵掠《しんりゃく》、分捕りを勝利の利得としておこなう有様は、おどろくべきものであろう。

清国は西欧の兵と戦い、潰走した経験を持っている。日本人を敗北させ東京にあらわれたときは、千載一遇の好機を得たとして、惨虐のかぎりをつくすだろう。

彼らは文明国の戦法とは無縁であるので、なんでも掠奪するだろう。女性をはずかしめ財宝を奪い、老人子供を殺し、家屋を焼きつくし、人間が想像しうるかぎりの悪行をするにちがいない」

福沢は、万一にも現世の地獄図を見たくないのであれば、日常生活をひきしめ税金を払い、国家の軍備増強に協力すべきだ。「楽は苦の種、苦は楽の種」というのはこのことだといっている。

福沢の言葉を裏書きするような事件がおこったのは、清国北洋艦隊の長崎入港の際であった。清国水兵が上陸するまえ、長崎市中の警備にあたっていた日本警官隊は、清国側の要請により帯刀を禁止されていた。

だが清国水兵は上陸するとたちまち飲酒して泥酔し、乱暴をはたらき、彼らと日本警察の双方にそれぞれ八十余人の死傷者を出す騒動をおこした。

だが日本は清国に戦争をしかけることは、自滅をえらぶことであると考えていたので、北洋艦隊の横暴を耐えしのぶしかなかった。清国水師提督丁汝昌《ていじょしょう》の率いる定遠、鎮遠、成遠、済遠の四隻の巨艦が湾内を圧して碇泊していたためであった。

ノルマントン号事件は長崎の騒動が終って間もない明治十九年十月二十五日におこった。イギリス貨物船ノルマントン号が、和歌山県大島沖で難船、沈没した。

このとき同船には東京方面へむかう日本人乗客二十三人が乗っていた。船長、イギリス人水夫らはすべてボートで避難したが、日本人乗客はボートに乗せずすべて見殺しにした。

そのような非道の行為をした船長に対し、イギリス領事は海事審判所で無罪判決を下した。世論は激昂したが、政府は黙過せざるをえなかった。

イギリスとの間に不平等条約があるので、判決の結果に反対できなかったためである。板垣退助はいう。

「ヨーロッパ人は、トルコ、エジプト、ペルシャと東方へ遠ざかるにつれて国情は野蛮になってゆくと見ている。

そのためトルコとの条約改正を実施していないいま、極東の日本と条約改正を急がねばならない必要はないという意見が多い」

日本が条約改正を実現させるためには二つの条件のいずれかを成立させねばならないと板垣はいう。

一つは文明国の政治、法律、学術のすべてを網羅し、欠陥のまったくない改正をおこない、ヨーロッパ人が治外法権を放棄しないわけにはゆかないと思うほどの、完全な法律制度をつくりあげることである。

いま一つは島国である日本が国土の沿岸を防備しうる海軍をそなえ、ヨーロッパの艦隊といえども寄せつけない戦力を養うことである。板垣は日本が貧弱な海軍を増強しないうちは西欧諸国の圧迫をうけざるをえないといった。

「イギリス、フランス、ロシアはいずれも数十隻の鉄甲艦を所有している。わが国民はきわめて勇敢であるため、敵軍が上陸し戦闘を挑んできても敗北することはない。いま堅固な軍艦幾隻かを買いいれ、海上戦闘をもなしうる実力をそなえれば、海外から国力を認められ条約改正を実現できる可能性が出てくる。

国内の治政をととのえるのも国力増進に資するであろうが、国会さえ存在しないわが国が条約改正を実現させるためには、海軍増強をもっとも急ぐべきである」

明治二十年四月十九日、宗光が弁理公使から特命全権公使に昇格したときの、内奏文はつぎの通りである。

弁理公使　陸奥宗光

右ハ無任所外交官トシテ当省ニ出勤シ、条約改正事務繁劇ノ場合ニハ次官ニ代リ省中ノ事務ヲ執リ、本大臣ヲ補助シ、且又《かつまた》、今般、法律取調委員会副長ヲ仰付ラレ候ニ付テハ、其責任モ一層重大ニ属シ候間、此際特命全権公使ニ昇格シ、勅任一等ニ陞叙《しょうじょ》セラレ度《たく》此段謹テ奏上ス

明治二十年四月十九日

外務大臣伯爵井上馨

内奏文によれば、弁理公使としての宗光の任務は外務次官もしくは副大臣に相当す

るものであった。

このときから三カ月を経た明治二十年七月二十九日、井上馨が外務大臣の辞意を示した。彼が明治十二年から長年月をついやし、外国の合意もすべて得たうえで、条約改正交渉の国際会議を東京で開催したのは明治十九年五月一日であった。

長期にわたる交渉、妥協をかさねてまとめあげた条約案に対し、各国全権公使らは反対意見を示さず、本国政府に送付した原案が承認されるのを待つばかりとなった。このとき来日して政府顧問をつとめていたフランスのパリ大学教授ボアソナードが条約案に反対した。

彼は日本の民法、刑法を起草するための作業を進めていたが、新条約案のなかに日本国の裁判所に外国人判事を置く規定があるのを知り、伊藤総理に強硬に反対意見を陳述した。

井上がその規定を採用した理由は、他の条件をうけいれさせるためであったが、ボアソナードはその欠点をあげ、ひきさがらなかった。

「領事裁判は被告が外国人の場合、治外法権であった。今度は日本人と外国がかかわるすべての訴訟に外国判事の意向が影響し、新条約案のほうが改悪される結果になる」

さらに外務省翻訳局次長小村寿太郎、国粋主義者杉浦重剛、谷干城《たてき》農商務大臣らが反対意見を発表し、在野の自由民権論者、諸新聞も騒ぎたて全国に波紋がひろがっていった。

井上が不平等条約改正にかかわったのは、明治四年の岩倉使節団に加わったときからである。慶応二年（一八六六年）、幕府は列強四国公使とのあいだに改税条約を調印させられた。

日本関税はすべて五パーセントとする契約をむすんだのである。政情不穏のなか、幕府は諸外国が不当利得をまきあげる行為を、うけいれるよりほかはなかった。

明治新政府は歳入のうち関税の金額が四パーセントであった。低関税国としても世界に知られているイギリスの歳入の二六パーセントが関税による利得であった。

日本関税が五パーセントであるのにくらべ、イギリスが日本から輸入する商品の関税は、他国にくらべ低かったが一〇パーセントを超えていた。

日本貿易の最重要国はイギリスである。英国人ハートレイという商人がアヘンを密輸した事件がおこり、治外法権よりも関税改革を主眼としていた政府の態度を指弾する声が高まった。

このため対米交渉において税権回復の新条約の調印に成功した外務卿寺島宗則が辞職し、井上馨があとをうけた。

井上は外務卿に就任すると、全国を外国人の通商、貿易、居住のために開放して不動産の取得も許可する方針をとり、そのかわり治外法権を廃し、関税改革を実施するとの方針をとることにした。

井上は欧化政策をとり、明治十三年に東京で鹿鳴館《ろくめいかん》という洋式建築を着工し、明治十六年に完成させ、欧化政策を進めるための内外国人の舞踏、宴遊の場とした。昼夜にわたり催される宴会では、貴婦人、紳士がダンスを楽しみ、トランプ、ビリヤードも流行した。宮中の婦人も洋服を用いるようになった。

宗光も井上の方針に同調した。彼は外国人の国内居住を自由化させることが、日本の文明を進化させるもっとも有効な方法であると指摘する。彼はいう。

「衣食住において、外国人がわが国に入りこめない実情がある。イギリス人がドイツやアメリカへ旅行するときは、一個か二個のカバンに必要品を入れればよい。日用品、家屋は本国にあるものと変らない。

だが日本にくれば食べるパンも、ベッド、椅子もなく、ビールを飲むコップもない地方もある。日常生活において生活を洋風に変えてゆけば、外国人もしだいに不自由を覚えなくなり、日本に住む者がふえてくる」

だがボアソナードの反対によって井上外相が成立寸前に持ちこんだ、条約改正交渉は中止されることとなった。

井上は明治二十年七月二十九日、条約改正会議の無期延期を各国公使に通知したのち、九月十七日に辞任した。

八年間にわたり外交の責務をひきうけ、ようやく各国の合意を得て、成功直前に至った条約改正に失敗した井上の後継者として、外務大臣になる者はいなかった。

伊藤首相がさしあたり外相を兼任した。年末になって星亨、片岡健吉らを中心とする自由民権運動が湧きおこり、後藤象二郎も参加する騒ぎになった。

政府は保安条令により星、片岡ら民権論者五百七十人を、皇居から三里離れた地域に追いはらった。

伊藤は井上と相談した。

「大隈を外相にするのはどうだ。あれならあんたのやり損じた仕事をうけるかも知れんぞ」

井上が応じる。

「うむ、あれは色気を見せるだろうな。いまは誰が外相になったところで何もできぬ情勢だから、あれに任せてみるのもよかろう」

立憲改進党の総理であった彼を政府に迎えれば、野党勢力を分裂させることにもなる。

伊藤、井上は政治判断においては、理詰めの判断力をはたらかせる。

宗光を外務省へ誘ったのは、彼の協力を望んだ井上である。外相を辞職したあとに、宗光と仲のわるい大隈を後任に置くのははばかって当然であった。だが政治運営をとどこおりなく推進するためには、そのような配慮をするゆとりがない。大隈は明治二十一年二月一日、外務大臣として入閣した。

宗光は大隈のもとではたらくことを辞退した。彼はその事情につき『小伝』に述べている。現代文でしるす。

「井上外務大臣が条約改正の失敗により辞職ののち、伊藤総理大臣が一時外務大臣を兼任したが、その後政府の責任を問う声が湧きたってきたので、ついに大隈伯を入閣させようという意見が、伊藤、井上両伯の主唱によっておこった。

私は当初から大隈入閣におおいに異議をとなえたが、ついに大隈伯は外相となった。私は維新前に長崎に遊学している頃から彼と密接に交際していた。

ことに大蔵省在任の間は同伯のもとではたらき、彼の技倆《ぎりょう》才能は熟知している。だがいまになって彼のもとで外交官としてはたらくのは不快であるので、辞表をしたため青木外務次官から大隈大臣に手渡しその旨執奏をしてもらいたいと要請した。

ところが外相に就任したばかりの大隈伯は私の辞表を見ておおいにおどろき、私を呼び懇々となだめ現職にとどまらせようとした。

私もまた彼の真意のあるところを確認したので、辞表を撤回することにした。私と大隈伯との間柄については書きとめておかねばならないことがあるが、ここに詳細を記述することを望まないので、省略する」

宗光は現職の留任を承諾した。

大隈は宗光と協議のうえで、条約改正交渉を列国会議で一挙におこなう方針をとらず、国別に交渉することにした。

外国人は条約にきびしく従わせることとして、旧幕府との間に締結した安政条約では不便であると思わせ、最恵国待遇は無条件ではおこなわず、有償条件でうけいれることにした。

このような方針が定められたのは、メキシコから完全な平等条約を求めてきたためであった。メキシコは欧米諸国のように日本との間に安政条約を結んでいなかった。

そのため明治十五年十月、駐米メキシコ公使ロメロから、駐日ベルギー公使を通じ、法権、税権のすべてにおいて治外法権を撤廃し、たがいに最恵国待遇とする条約締結を望んできていた。

メキシコは東京において開かれた条約改正会議が無期延期になったことを知ると、条約を結びたいとふたたび申しいれてきた。外相を兼任していた伊藤総理は、外務省顧問デニソンを通じ、日本側の条約原案を作成させた。

原案は裁判権はたがいの法権に従い実施する。通商航海についてはたがいに最恵国待遇とする。さらに条約は短期の予告により解約できるという、完全に対等の内容であった。

明治二十一年二月十日、宗光は外相となって十日がたった大隈外相から駐米公使として、アメリカ在勤を命じられた。

伊藤は憲法改正に全力を集中するため四月末、黒田清隆に総理大臣の座を譲った。

明治二十一年五月二十日、宗光は横浜をはなれ、アメリカへ赴任した。夫人、令嬢、次男潤吉、岡崎邦輔《くにすけ》らが同行した。

岡崎の母は紀州藩重臣渥美源五郎の四女、宗光の母政子の妹で、邦輔は宗光より十歳年下の従弟である。

彼は明治六年二十歳のとき上京して宗光の食客となり、大蔵省十五等出仕の職を得た。さらに内務省、司法省に在勤し、明治十一年には和歌山県警部として、新宮と和歌山の警察署長をつとめ、十四年に職をしりぞく。

明治十九年、宗光が弁理公使になると上京しアメリカ公使になると随行した。宗光は彼を国会が開設されれば政治家として成長させるつもりであった。

ワシントンの日本公使館に到着してのち、宗光は邦輔を秘書としてアメリカ政界の実情を学ばせるつもりであったが、英語の力量が乏しいのでアナーバーのミシガン大学で勉学させることにした。

「アナーバーの農学校には、和歌山の酒造家の息子がいるらしい。南方《みなみかた》熊楠《くまぐす》という者や。会うたら友達になれ」

宗光はワシントンでメキシコのロメロ駐米大使と交渉をはじめた。

ロムロはメキシコが日本との間の領事裁判権を放棄すれば、欧米諸国が不利な前例をつくられたと怒るのを懸念して、最初の意向をひるがえそうとした。

宗光は熟練した外交官であるロメロ公使を説得するために、ベンサム、ワラカー、シュタインから学んだ政治学の蓄積を活かし、巧みな英語力を駆使して憲法を論じた。

ロメロはしだいに宗光に好意を持ち、信用するようになり、ついに日本側の提示した条約案をすべてうけいれた。

宗光は明治二十一年十一月十五日、大隈に条約内容の合意が成立したことを電報で知らせ、全権委任を求めた。

大隈外相は全権委任状と追加訓令を郵送すると返電を送ったが、宗光は成果を急ぎ電報による追加訓令を要求する。大隈は拒んだ。

「ある条件によってメキシコ人に内地を開放するが、電報ではその内容を述べるわけにはゆかない」

なにをいっているのかと、宗光はいらだった。

「いま日本にはメキシコ人が一人もいないではないか。メキシコは実際に国民が日本へ移住することなど、望んでいないのだ」

彼は大隈に打電し、メキシコ大統領選挙が十一月二十二日におこなわれるので、それまでに条約を締結させたいと要望する。

大隈はついに電報で追加訓令を発した。わが法権に服従するとの条件を承諾すれば、メキシコ人に内地を開放するというのである。

この結果十一月三十日、日本とメキシコの修好通商条約がワシントンで成立した。宗光・ロメロ両国公使が調印したものであった。

この条約は全十一条である。内容はメキシコ国民が日本の法権に服従すれば、その居住、通商、航海、旅行、住居につき国内を開放し、最恵国待遇をするというものであった。

最恵国待遇とは条約をとりかわした両国のいずれも、他国の国民に与えると同じ利益を与えあうことである。

日本の旧幕府が欧米ととりかわした条約には、すべて最恵国待遇条項が掲げられていた。日本がある国に好条件を付与すれば、他の国家も同様の利益を獲得しうるという、きわめて虫のいい約款である。しかも無条件でそうなる。

そのため明治以降も日本は商業利益を外国人にかすめとられ、不法をはたらいた外国人を眼前に見ながら裁くこともできず、取り逃がしてきた。

日本はメキシコとの条約によって、相手方と同様の最恵国待遇の恩恵をうけられるようになった。

大隈は条約締結ののち、宗光によろこびをうちあけている。

「メキシコとの新条約を知った外国政府は、無条件で最恵国待遇をうけようとするだろう。メキシコ人だけに日本国内での貿易の利益をひとりじめにさせておけないからだ。ところが今度の条約は対等の条件つきだ。貴官の尽力によって条約改正の大事業が成功するのだ」

宗光の雌伏の年月に蓄積した学殖は、先進国の策謀の投網《とあみ》に大穴をあける結果をもたらしたのである。

# 宗光入閣

明治二十一年十二月二十日、アメリカ、メキシコ両国兼任の公使としてワシントンにいる陸奥宗光のもとへ、日米条約改正交渉を再開せよとの訓令が届いた。

宗光は翌日、バヤード国務長官を訪問して、条約改正の交渉をはじめたいと頼んだ。米国との交渉はメキシコに比べられない重要度の高いもので、宗光は駆けひきの段取りについてさまざま考えをめぐらし、バヤードを説得する段取りを組みたて、緊張して訪ねたが、バヤードは意外な態度で出迎えた。

「在日公使ハバードからその件については連絡がきたので、わが政府は日本が実質のととのった独立権を持つ国家となるのを望んでいる。今回のあらたな交渉についてはは応じるよう、ハバードに訓令を送った。アメリカの通常国会は二月中に閉会するので、条約書類は東京で調印し、一月中にワシントンに到着させれば、上院での批准《ひじゅん》に間にあうだろう」

米国では十一月の大統領選挙で共和党が勝利していた。

通常国会は二月中で閉会し、現在の民主党政府とかわって共和党政権が発足する。その事情をバヤードは宗光に知らせてくれた。

「日米条約は東京で調印を終え、一月のうちにワシントンに着かなければ、われわれの力によって上院で批准できなくなる」

東京では大隈外相がハバード公使と交渉し、米国からの修正意見もないままに合意がととのった。ただイギリスに先行してアメリカと条約を締結すれば、イギリスの憤《ふん》懣《まん》を買うことになるので、同国の方針をたずねるがたしかな意向を示してこない。

やむをえないと決断した大隈は明治二十二年二月二十日に日米新条約に署名した。だがアメリカの通常国会で批准することはできなかった。

その後、共和党政府は新条約批准に積極的ではなかった。宗光の新国務長官ブレインとの交渉は進展しなかった。

宗光は極東の小国である日本が、いかに文明の進展が迅速であるといっても、欧米先進国と畏《い》敬《けい》を交しあえる立場ではないことをあらためて実感して、外務大臣秘書官への通信で、つぎのように内心をうちあけている。

「問題はアメリカが日本の実情を知らないことからおこっている。われわれは進歩を自負しているが、外国人が本気で感心するほどの成果をあげていない。

日本にやってきたアメリカ人が、日光、箱根などを見ただけで、日本についてさまざまの知識を得たようにいう。

またわずかな陶器、漆器がアメリカ市場にあらわれると、たいそうな文化だと宣伝される。日本人も調子にのって、日米友好の関係はすみやかに発展していると思っているのだが、大きい認識の過ちである。

アメリカ人は日本人を愛していたとしても、尊敬し畏《おそ》れてはいない。両国の友好関係は、愛と畏敬がなければ、まったきものではない。

当面われわれの重要な仕事は、大隈伯が新任のアメリカ公使と、充分に意思を通じあわせられるよう、日本文化がどのような内容であるかを公使に教えこむことにある。

前公使ハバード氏は、井上伯、大隈伯、同国人のデニソンやスティブンソン氏などからさまざまの指導をうけ、ようやくあれほどに日本の事情がわかった。

私は微力ではあるが、去年六月にアメリカ公使として当地へ着任してのちは、前国務長官バヤード氏と腹中をすべて打ちあけあい、日本の実情を詳細に語っておいたので前日本公使ハバード氏と、電報によって意見を通じあうことができたのだ。

今度のブレイン国務長官はなかなかの切れ者で、たやすく扱える人物ではなかろうが、今後は私の英語が不自由であろうとも、胸襟《きょうきん》をひらいて交渉できるよう自分で努力するつもりだ」

宗光は日本政府の代表として、米国首脳者から信頼を得るに十分な外交官としての能力と見識をそなえていた。

十八世紀、十九世紀にわたり世界の支配者であった欧米人に、彼らと比較して劣らない文化をそなえていることを、認識させなければ近代国家としての交流は望めない。日本列島は世界文化と交わることなく、長い歴史をいとなんできた特殊な国家である。だが徳川幕府が首都とした江戸は、世界三大都市の一に加わる巨大な市街であった。欧米人は、大陸の東端に孤立していながら独自の政治組織、文化体系をいとなんできた日本を、たやすく植民地化できない強力な国家と見ていた。

宗光は智能の発達した国民に支えられた日本の国家体制を欧米人に理解させるのが、外交官としての自らの任務であると考えていた。

明治二十二年二月十一日午前十時半から、宮中正殿大広間で憲法発布の式典がおこなわれた。六年余の歳月と四百余万円の建築費をついやした宮中の玉座についた天皇を、諸大臣、高官、華族が取りかこむように整列する。東大医学部教授であったドイツの内科医ベルツが、日本の世相を批判した有名な日記があるが、明治二十二年二月九日の項につぎのように記している。

「東京市中は十一日の憲法発布の準備をするため、なんとも形容できない大騒動をおこなっている。あらゆるところに奉祝門、照明、祝賀行列の準備など。だが滑稽のきわみであるのは、憲法の内容がどんなものか知っている者が誰もいないのである」

式典は天皇が三条実美《さねとみ》からうけとった「大日本帝国憲法前文」を朗読されたのち、内閣総理大臣黒田清隆に憲法原本を手渡され、十分ほどで終了した。

君が代が奏でられ祝砲がとどろきわたり、東京市中のすべての寺院の鐘が鳴りかわす。儀式は厳《おごそ》かにおこなわれたが、人民のあいだに感動は湧きおこらなかった。

式典の列席者は帝国憲法、皇室典範、議院法、衆議院議員選挙法、貴族院令、会計法の全文とそのすべての英訳文を与えられ、はじめて内容を知ることができた。

東京市中には百余台の山車《だし》が出て、祝賀の騒ぎに沸きかえるようであったが、憲法全文をうけとった有識者たちは、苦い思いを押さえられなかった。

中江兆民《なかえちょうみん》は書生の幸徳秋水《こうとくしゅうすい》に内心を洩らした。

「吾人賜与《しよ》せらるるの憲法ははたして如何の物か。玉かはた瓦か。いまだその実を見るに及ばずして、まずその名に酔う。

わが国民の愚にして狂なる、何ぞかくの如くなるや」

この日、内閣の前途多難を想像させる事件がおこっていた。

式典開始の直前に、文部大臣森有礼《ありのり》が欧化主義者と見られ、国粋主義者により刃物で腹部をふかくえぐられて、ついに死に至る大事件となったのである。

大隈外相は日墨対等条約が成立したのち、露、英、仏、墺《おう》、伊の各国駐在日公使に改正条約案を送り、締結交渉を指示した。

大隈の提示する条約案は、陸奥がメキシコと結んだ対等条約とは内容が違っていた。大審院に外国人法官を任命し、外国人を被告とする裁判にあたらせるのである。

その点では井上馨が締結しようとした不平等条約と変らない。

ワシントンにいた宗光は、東京から送られてきた憲法を通読し、外国人を法官に任命することが、憲法に抵触すると見て、三月二十九日付の書状で、つぎのように問いあわせた。

「謹んで帝国憲法を拝読しましたが、第二十四条に『日本臣民は法律に定めたる裁判官の裁判を受くるの権を奪わるることなし』と規定されています。

さらに第五十八条には、『裁判官は法律に定めたる資格を具うる者を以てこれに任ず』とあります。

あらたな日米条約では、外国法官を大審院に任命することを約束するわけですが、これは帝国憲法の規定する条文と抵触するところはありませんか。

条約と国内法のいずれが優先するかについては、いろいろの見方があるでしょうが、近頃の米国最高裁の判例を見ても、条約、法律のいずれについても、あらたに制定された法律を優先させています。

そのうえに憲法となれば他の法律と同様の扱いができないのではありませんか。もし私の判断が誤っていないときは、日米条約批准のあとで内外の人士から、このような疑問を持ちだされるかも知れません。

こんな重大問題については、私の一存でかるがるしく解釈できないことで、あらかじめ慎重な措置をとるべきであると考えられます。

この点についてお考えをたしかめたいと思います」

大隈が交渉した新条約案は明治二十二年六月にドイツが署名、八月にロシアも署名することになったので、反対を唱えていたイギリスも応じないわけにはゆかない情勢となってきた。

だが明治二十二年四月十九日付の「ロンドン・タイムズ」に、大隈が部外に洩らさなかった新条約案の内容が、すべて掲載された。

それを新聞「日本」が五月三十一日から全文を翻訳、発表した。

大隈案が外国人法官を任命するのであれば、かつての井上馨案と本質において変化がないことになる。新条約案の内容を「ロンドン・タイムズ」にひそかに知らせたのは、外務省翻訳局長小村寿太郎であった。国粋主義者の小村は外国人を大審院法官に任命することを、黙止しがたい恥辱と思ったのである。

大隈の条約案に反対したのは、国粋保存主義をとなえる新聞「日本」を中心とする国権主義者であったが、民権派の大同倶楽部、大同協和会、さらに福岡玄洋社、熊本国権派を味方として、八月二十五日から三日間にわたり、全国有志大連合演説会を開催した。

大隈外相の条約案は政府内部からも成立を阻まれた。内閣法制局長官井上毅《こわし》が「外国人法官の任用は、憲法第十九条に違反する」と指摘したのである。

第十九条には、

「日本臣民ハ法律命令ノ定ムル所ノ資格ニ応シ均ク文武官ニ任セラレ及其ノ他ノ公務ニ就クコトヲ得」と記されている。

日本国民だけが文武官その他の公職につけるという条項は、憲法解釈の大権を持っている、枢密院《すうみついん》議長伊藤博文が『憲法義解《ぎげ》』に説明している。

井上毅は伊藤の意見に従うべきであると判断して、七月二十三日に辞表を出した。井上馨はこの機会に大隈を窮地に陥れようとはかり、十月に内務大臣山県有朋、海相西郷従道、陸相大山巌らとともに大隈案に反対した。

十月十二日、伊藤枢密院議長が辞任を申し出た。同月十五日、御前会議において大隈案の実施、中止のいずれをとるべきか激論がおこなわれたが、決定しなかった。十七日、井上馨が辞表をさしだし、十八日に三度めの閣議がひらかれたが、大隈は抗弁に終始するばかりであった。

閣議を終えた正午過ぎ、大隈は外務省の正門付近でフロックコートを着た壮士から爆弾を投げつけられ、右脚を失った。

爆弾を投げたのは玄洋社社員の来島恒喜《くるしまつねき》であった。彼は皇居にむかい正座し短刀で切腹自害した。

この事件によって、大隈ひとりを残し全閣僚が辞職した。黒田にかわり首相を兼任した三条実美が、調印がなされていた日米、日独、日露三条約の実施を延期することに決め、各国に通報した。

帝国憲法は明治二十三年十一月に施行され、同時に帝国議会が開会される。井上馨は初代衆議院議長に宗光を推選するつもりであった。

宗光はワシントン駐在のあいだ、井上にアメリカの議会政治の運用の実態を詳細に記した手紙を送り、井上は宗光を初代衆議院議長に就任するようすすめた。

外交問題が政党のあいだでおおやけに論争されるようになったのは、アメリカをのぞけば第二次大戦以降であったが、宗光が駐米公使をしているとき、アメリカではそのような秘密外交はすでに放擲《ほうてき》されていた。

「米国議会では、まもなくやってくる大統領選挙の運動のために、ほとんどすべての政治問題がなげうたれている。

国家の重大問題も、党利党益のためにかえりみられない本末転倒の現状で、秘密を必要とする外交政策についても、党派のあいだで猛烈な論戦が展開されている。

そんな修羅場で議事を進める政治家の手練は、並たいていのものではない」

宗光はアメリカ公使として着任してはじめてその議会制度を知ったが、いま実態を知ると、議事運用規則についてイギリスのそれとは、長所、短所ともにおおいに違うのにおどろいた。

アメリカの下院議員は田舎者が多いので、議事の制限、発言規則、議案の取り扱いの手続きなどはきわめて簡単でわかりやすく、日本でひらかれる議会に用いるべきものも多かった。

議員全員をいろいろの常任委員会に配備することは、新参の議員たちに環境に慣れさせるための、親切な制度であった。

宗光は政府に反対する人民の願望をつらぬこうとする民主過激派と、彼らを国家の敵とみなす専制主義派のどちらでもなく、現実主義思想をつらぬくアメリカ議会の運営に親しみを覚えた。

伊藤、井上らが宗光を衆議院議長に迎えようとしたのは、旧自由党首脳者であった数多い人物との関係を重視したためであった。

後藤象二郎、板垣退助、中島信行、大江卓、竹内綱、林有造、星亨と名をつらねると、藩閥政府の前に立ちふさがる巨大な山脈のような人物の姿が見えてくる。

宗光には明治十年の西南の役に際し、土佐立志社急進派とともに政府転覆をはかり禁獄五年の刑に服した前歴がある。彼の履歴に深く刻まれた傷痕《きずあと》が、いまになって彼を政府の中枢へ招きいれる階段となっていた。

井上が宗光を衆議院議長に招こうとしたのは、憲法発布の前後であった。彼は宗光に早急な帰朝を促したが、宗光は応じなかった。

「政治家が進退するのは、コンディションが必要だと思う。現在の政情では私は衆議院議長として成功できないだろう」

宗光はワシントンで日米条約の批准成立のため、努力をつづけていた。

日本では大隈が失脚し三条内閣のあと山県内閣が明治二十二年十二月二十四日に成立した。宗光は政府から「御用帰朝」を命じられ、十二月下旬夫人と長女、岡崎邦《くに》輔《すけ》、内田康哉《こうさい》、西郷菊次郎（隆盛子息）をともないワシントンを離れ、帰国の途についた。

列車は豪雪のため、サンフランシスコに近いシエラネバダ山中でトンネルに閉じこめられ、三昼夜動けず食糧も尽き、遭難を覚悟したとき四日めに動き雪中を脱出したという椿事《ちんじ》もおこった。

サンフランシスコに到着すると、外相青木周蔵《しゅうぞう》からの書状が届いており、宗光は井上のあとの農商務大臣に就任の予定であると記されていた。

宗光一行がイギリス汽船ベルジック号で横浜に到着したのは、明治二十三年一月二十五日であった。

帰国してみると政治事情が変化しており、山県内閣の農商務大臣には前次官であった高知県人の岩村通俊《みちとし》が着任していた。

「なんということをするか。このまま東京の家には帰らず、成りゆきしだいではアメリカへ移住してもよかろう」

明治以降、欧米での生活になじみ、民主社会の本質を知った知識人の間では、日本の藩閥封建の色濃い社会に戻ることを嫌い、外国に永住した人物もいた。

宗光は帰国して閣僚になればともかく、入閣が望めない時はアメリカへ移住するつもりで荷物は税関に預けたまま、鹿鳴館に宿泊してその夜のうちに山県に会い、事情をたずねた。

「総理は私を農商務大臣にするといったん決められたのでありましたが、いかなる事情によって変更されたか。別の事情が生じたので帰国させることにしたが、その必要も消滅したなどと、たしかな理由にもとづいたご説明をいただかないうえは、わが身の進退をきめかねることになります」

山県は方途に困った様子で返事をした。

「閣議をかさねるうちに、いたしかたない事情となり、君には失礼きわまりない結果を生じたのである。しかし内閣にとって絶対に手放せない重要人物の君をまた渡米させるわけには参りません。

しばらくのあいだ私の願いを聞きとどけ、行政裁判所長官になってほしい」

宗光はただちに拒絶した。

「それはお引きうけできません」

山県は沈思ののちに答えた。

「ではいまから三十日間の猶予をくれ給え。その間にかならず君の面目が立つようにする」

宗光は山県の懇請をうけいれた。

二月六日、宗光は天皇に拝《はい》謁《えつ》陪食《ばいしょく》をゆるされ、三月二十七日、従三位に叙された。そのあと家族、岡崎邦輔を連れ、大磯で伊藤博文に会い政界の動向につき懇談したのち、箱根で静養する。

宗光は伊藤に会うまえに二月二十一日付の井上馨からの手紙で、山県が率直に打ちあけられなかった彼の処遇についての内情について知らされていた。

井上は宗光を司法、内務のいずれかの大臣に就任させようとした。司法は内閣で最右翼に列せられる。内務も国家権力の最中枢である。

このような重要な政務を宗光に委ねようとしたのは、まもなく開かれる議会対策を巧妙におこなえる第一人者として、衆目の認めるところであったためである。

野党と交渉して妥協すべき要点を見逃さず、やむをえない時は強権を発動して国家の治安をはかる。

そのような重責ののしかかってくる立場で任務を果せる者は、宗光のほかにはいないのである。

宗光を政府中枢に迎えるのを阻んでいるのは、西南の役後十数年を経てもなお、警察と陸海軍を完全に掌握している藩閥であった。

藩閥の人々は明治天皇が西郷隆盛の徳行を愛し、伊藤や宗光のような才人に警戒の眼をむけておられた事実を、側近を通じて知っていた。

天皇は山県が宗光を入閣させるとの上奏をしたとき、難色を示された。明治十年の役のときのことがあるので、資性を信じがたいと仰せられたのである。

だがまもなく政治情勢は急変した。

宗光一行が西下して須磨で静養していたとき、明治二十三年五月十七日、宗光は農商務大臣に任命された。前任の岩村通俊は脳を病んで身動きも不自由となり、氷袋で頭を冷やし就床する状態となっていた。

新内閣では西郷従道海軍大臣が内務大臣、海軍大臣には樺山資紀《かばやますけのり》次官が就任し、藩閥政治の色彩が濃厚であった。

宗光が農商務大臣となって間もない明治二十三年七月一日、第一回衆議院議員総選挙がおこなわれた。

選挙の内容は買収投票がまったくなかったといわれている。立候補者のほとんどは天下の名士といえる人物で、知名度の低い者でも府県を代表するにふさわしい徳望をそなえていた。

選挙がもっとも公正におこなわれたのは、第一回と第二回だけであったといわれる。しかし第二回には政府の干渉があり腐敗がはじまっていたので、第一回だけがまったく表裏のない選挙で、教育、文明の進んだ現代のそれが腐敗堕落した内容となっているのは、皮肉な現象であるというのである。

明治初期の国民は封建制度を打倒したのち、藩閥、官僚の横暴きわまりない施政、賄賂《わいろ》をむさぼる腐敗をあばきだし、国運を繁栄にむかわせようとする希望を湧きたたせていた。

宗光は現職閣僚であったが、地元和歌山県第一区の選挙民が立候補させ当選させた。議員となった大臣は宗光がただ一人であった。

宗光は農商務大臣としての実務に加うるに、衆議院における民党対策を引きうけているので、議会に出席することができない。そうすると宗光に反対する議員のなかに、彼の欠席を責め、懲罰処分をおこなおうとする動議を提出する者がいた。

宗光は議会を欠席するときは、一週間前に休暇届を提出していたので、懲罰をうけることはなかったが、彼は議員を辞職して秘書の岡崎邦輔を補選によって、後継議員とした。

宗光は明治十年事変に際し、国事犯として山形、宮城の監獄に幽閉されたのがかえって人気を得た。彼の股肱としてはたらいた大江卓も同様の事情で岩手県監獄で刑期を送ったが、それを機縁として岩手県第五区で立候補して当選した。

『大江天也伝記』には当時の事情が記されている。

「当時の国事犯といえば、一般に罪人としてこれを見る者はすくなく、むしろ男子の名誉として尊敬する者が多かったのである。

大江、林（有造）が岩手の獄にあることが、一般県民の知るところとなった際には、かかる天下の名士を岩手県が有することは、わが郷党のためにむしろ名誉とすべきであるという声さえ聞かれたくらいであった。

それで、いよいよ総選挙となると、県民中の有志は直ちに上京して大江の立候補を促したのである。

大江は当時、『代議士などというくだらぬ商売はわが輩はご免だ。もう少し下地《したじ》（旨味）のある話を持ってきたまえ』といって取りあわなかったが、県民の熱心な勧誘に動かされてついに立候補を決意した。

このとき大江は、『俺は頭を下げることも下手だし、口先もお上手でないし、もとより金もない男なのだから、使いようはないぞよ。お前たちで勝手に当選させてくれるのなら、遊び半分に道楽商売をやってもよい』というような次第であった」

大江は明治二十五年の第二回総選挙にも、地元から懇願され立候補したが、政府が民党に圧力をかけ、吏党に尽力しさまざまの圧力もしかける腐敗選挙をおこなった。

岩手県第五区の選挙民たちは懸命に大江を押し立て立候補をさせたが、大江は選挙区に一度も姿をあらわさず、落選した。

それでも選挙民代表は、「今度の落選はわれわれの運動が成果をあげなかったためで、まことに残念です」という詫び状を送ってきた。

第一回選挙に当選した議員が、全国を代表する選良と称してはばからない人材を揃えていたのは、欧米諸国から日本が立憲政体をとり、議会政治をおこなうというので注目を集めていたためである。

当時の日本は極東の小さな三等国であった。立憲政体は、白人のみが施行できる文明統治機構である。彼らは有色人種の小国にすぎない日本人がそのような猿まねをやったところで、かならず失敗して旧態依然とした専制国家に戻ってしまうだろうと、嘲《あざけ》って結果を見守っていた。

欧米ではどの国家でも、日本が白人文明に融合できる近代国家に変容できるわけがないと、ひそかに思っていた。

日本人はこぞって条約改正を望んでいた。条約改正が成立してこそ、文明国家としても面目がととのうのである。議会政治を波瀾なくおこなえれば、欧米人は日本を文明国家として認め、条約改正が可能になってくる。

議会政治に失敗すればすべての先進国に見下げられ、条約改正の見込みは遠ざかってしまう。

自由、改進ら民党の少壮代議士と藩閥を背景とする代議士は、議論をかわすうちに激昂して騒然となり、収拾がつかなくなることが多かった。

警察、軍隊を相手に血にまみれた闘争の経験をかさねた民党の議員たちは、気がたかぶれば猛牛のように暴れだしかねない。

彼らは国家予算について藩閥政府が多年横暴のふるまいにより、政費を湯水のように使い、官員の数をいたずらにふやし、国民の膏血《こうけつ》を絞っていると指摘した。

このため予算額八千三百七万円から九百二十万円を天引きすべきであると、自由、改進党が主張した。

民党を代表する板垣伯は折衷案を出す。

「藩閥の横暴は見過せないが、予算をこのまま天引きすれば政府の機能が麻痺してしまう。そのため各費目を再検討したうえで、総計六百五十一万円を削減するにとどめるべきである。

政府では山県が議会解散をとなえる政府側の声をおさえ、妥協点を見出そうとした。

板垣伯はついにわが覚悟を公表した。

「もし党議を強硬につらぬこうとして、議会に対する国民の期待にそむいた結果、列国の笑いものになるような結果を招くときは、私は国家のために同志を率い脱党するほかはない」

第一回帝国議会で歳出八千三百七万円の予算を六百五十一万円減額にとどめることに成功した。

伊藤貴族院議長は閉会にのぞみ、つぎのような挨拶をした。

「本年の議会はわが憲法の効力を実地に応用せし初年なり。いずれの国の歴史にも、かく正々堂々と秩序よく、美果を収めたるは他になし。議員諸君の努力を感謝する」

成功を招いたのは、土佐派代議士二十六名が自由党を脱党し、予算の妥協案に賛成し予算を成立させたことにあった。

国会の貴族院議長は伊藤博文、衆議院議長は宗光の義弟中島信行である。予算委員長は大江卓、自由党系の指導者は板垣以下、竹内綱、林有造らであった。

これは当時「土佐派の裏切り」として呼ばれ、政府側に協力したと非難されたが、政府予算案と民党との妥協点を見出すことができたこの事件を、裏面から指揮していたのは宗光であったといわれる。

予算案において妥協した結果、陸海軍予算をまったく削減しなかったのは、軍事面の強化を急がねばならない現実に直面していたためであった。四年後には「眠れる獅子」といわれている清国との戦がおこっている。

日本が軍備を充実させていなかったために敗戦したときは、国運の変転はどのようなものであったのか、想像もつかないことである。

第一議会を成功させた山県総理大臣は、議会終了ののち総理の座を退いた。後継の首相は政局が混沌としているため、容易に決まらなかったが、明治二十四年五月に薩閥の松方正義に総理の大命が降下した。

宗光は松方内閣の農商務大臣に任ぜられた。第二議会は十一月に開催される。宗光はそれまでに対策をたてておかねばならない。藩閥政府の閣僚たちには、議会の意義さえまったく理解していない者がいた。

そのため宗光は議会、新聞に閣僚が発言をするとき、その内容がくいちがわないよう統一するため、「内閣議決書」という詳細な文書をつくった。

ある大臣がこのようにすると答弁した件につき、他の大臣が別のようにするといえば、国会の審議が混乱し、停止してしまう。表現の仕方が多少違っていても、閣内の意向については統一の必要がある。

宗光の提示した「内閣議決書」の必要性をまったく認めていない閣僚がいた。内閣の意見を統一し、民党と折れあって無事に国会を乗りきることなどは、士魂を忘れた腐りきった男の考えることであるというのである。

品川弥二郎内務大臣はその典型であった。彼は議会で民党が反対意見をいうときは、解散をくりかえし、彼らをすべて国会から叩きだそうと考えているのである。

国家、国民の安全を護っているわれわれが、どうして民党のいうことを聞かねばならないのかというのが、彼らの本音であった。

宗光はこのような文明を理解したがらない閣僚たちを動かし、議会政治を育成してゆかねばならなかった。

# 元勲内閣

陸奥宗光が農商務大臣に就任したとき、東京、大阪、兵庫の商工業者の地域団体として、明治十一年に設立された商法会議所が大阪、兵庫で存続していたが、東京は明治十六年に解散し、東京商工会を新設していた。

宗光は大臣就任後二カ月を経た明治二十三年七月、商業会議所を設け、二系統にわかれた会議所を統一する条令草案を作成し、閣議に提出したが、元老院でとどめられた。

宗光は東京商工会の建議をうけ、検討をつづけた。その結果、農商務省は明治二十三年九月に商業会議所条例を公布し、施行細則を規定して、九月二十日、農商務大臣の宗光が東京市内の重要な商工業者に、商業会議所設立をすすめた。

すすめをうけた財界では、同年十二月に神戸商業会議所が開設された。東京は明治二十四年一月、宗光が会議所の設立を認可し、七月に定款《ていかん》を認可し、会頭に渋沢栄一を就任させた。

大阪、名古屋、京都、金沢、大津で会議所設立の推進がはじまった。

宗光は担当大臣として、大阪、神戸、京都など重要都市の商工業者に講演をしてまわったが、訪問する都市によって談話の内容を変更する。

大阪での講演では、資金の蓄積、分配について、国内のみの経済変動を考えていては、国際貿易にかかわってゆけないと語った。

「私が神奈川県令をつとめていた頃、生糸の輸出が一万五千梱ほどであったが、近頃は毎年四万から六万梱になった。

大阪では十軒か十一軒の大資本家が市内の富の大半を手中にしていたが、維新以後に没落した数家から流出した富が他人の手に渡っても、富の集まる場所が変っただけで、国家の富の増減に関係はない。

商業は政治のように一国内にとどまるものではなく、万国に流通して境界のないものである。茶、生糸は重要な交易商品であるが、その生産の増減による価格の変動は、他の交易国と密接な関係を持つ。

刑法などは日本国内でおこなわれ、他国と関係のないことであるが、商法は世界的な視野に立って実行する必要がある。

私は国会で発言したが、保護政策、干渉政策はまったく適用しないとはいわないが、このような政策をとるときは十分に検討をかさねて、慎重におこなわねばならない。

世上では不景気、金のめぐりが悪いなどと嘆く声があるとき、商業を進歩させる、資産家になるなどの話題を持ちだすのは、『弔《とむら》いに出向いて嫁入りの話をする』ことになるだろう。

だが勇気をふるい奮闘して、一時の苦境を大きな楽境に変えてゆかねばならない」

宗光が講演で商法につき語っているのは、明治二十四年一月から商法を施行することになっていたのが、元老院が商法案について従来の商慣習に適合しないと反対した事情による。東京のほか各地商業会議所でも反対運動がおこったので、民法・商法の実施が明治二十六年まで延期されていたのである。

第一議会には五十三件の法律案が呈出され、六件が貴族院、衆議院の検討を通過し成立した。そのなかに宗光の呈示した度量衡《どりょうこう》法案があった。

当時各地で用いる一尺の寸法に五厘《りん》の差があり、一升枡《ます》に五勺《しゃく》以上の差があった。秤《はかり》では一割、二割という大差が出た。

宗光は全国に及ぶ官業、官庁の需要については改正した度量衡を用い、私的な面では急激な改正をおこなわないとした。

主婦が主人の着物をつくるときなどの寸法までを改めないでもいいというのである。

この法案では、外国の度量衡器具の寸法を採用することは、国体をそこなうおそれがあるという反対論が出たが、宗光は自説を主張した。

「この法案は第一条に度量は尺、衡は貫をもって基本とす、と定めてあり、趣意は度量衡法の改正で、度量衡の改正ではありません。

またメートル法はフランスが専有するところではなくなっております」

アメリカ市場を最大の輸出先とする茶とともに、もっとも重要な輸出品であった生糸は農商務省の直轄工場であった富岡製糸場が政府経営となっていたが、規模が広大で民間に払い下げ運営させることにした。

だが宗光の在任中に政府の競売は成功せず、明治二十六年九月に三井家が落札した。

当時、宗光は皇室の侍臣たちのあいだで評判がよくなかった。剃刀の切れ味を持っている彼の使い道を誤れば、大きな危害をうけるというのである。

明治二十五年三月十九日、宮中へ伺候した佐々木高行は天皇から宗光についての御談話を拝聴した。

「伊藤が政党を結成しようというと、陸奥は強い賛意を示し、ともに下野して運動にあたろうといったが、伊藤が辞表を出すとたちまち態度を変え、伊藤が政党を立ちあげても、板垣の三分の一の規模に発展させられまいと、前途多難を指摘し、嘲弄することしきりであった。

井上毅は陸奥が態度を変えたのを怒って徳大寺侍従長に実情を告げたそうだ」

この御談話から推測すれば、宮中の高官たちのあいだに、宗光を忌避《きひ》する傾向がわだかまっていた情況が推測される。

宗光は内閣で機密事項の検討があるたびに、その内容を他に洩らし、改進党、自由党にも内々に連絡をとっているようだとの噂が流れていた。

伊藤、井上と宗光との交流は、反対派の流す風評とちがい密接であったが、伊藤は山県有朋、黒田清隆、松方正義、品川弥二郎、樺山資紀らに対し、「今後国家のことについては、あなた方の存念の通り勝手に処理されたい。私は関知しない」と、断交の書状を送った。

第二回帝国議会は明治二十四年十一月二十六日に開催された。政府予算案は三十日に提出されたが、新規事業の要求はひとつとして通過せず、十二月二十五日には国会が解散された。

第一議会で総歳出の約一割の予算を削減させ、意気あがる民党は、一年間に精細な政務調査をおこなったうえで、議会では縦横に質疑討論をおこない、ろくに準備もしていない藩閥閣僚をうろたえさせた。

「民党とは謀叛人ではないか。つべこべ理屈をいわせるべきではない。議会を解散し、再選挙をおこない、味方を多数議員に選出させることにしろ」

政府は九十八万円の些少な予算削除を理由として解散した。

第二回総選挙が明治二十五年二月十五日におこなわれることになると、内務大臣品川弥二郎子爵が選挙の指揮をとった。彼は各県知事、警察部長に指令して、民党の大弾圧を実行させた。

品川は民権、自由などと国民にほざかせるのが、まちがったおこないであると公言してはばからない藩閥政治家である。

壮士を率いる警察部長が、民党の候補者を脅迫襲撃し、知事が仕込杖をふりまわす狂気のような蛮行をあえてして、このため死傷者が四百数十人に達した。

どれほど弾圧しても民党に敗北せざるをえなくなると、投票を偽造する。高知県では偽造が発覚し、大阪の裁判所へ海路投票箱を送る途中に海へ投げ棄てる騒ぎもおこった。

品川はのちに当時の騒動について、つぎのような内容の追懐を語っている。

「第二議会の際に、破壊主義の連中が横暴議論をつらね、あえて天皇の大権を侵犯しようとした。そのため衆議院は解散を命ぜられた。ついで臨時総選挙をおこなったとき、私は内務大臣であった。

もし破壊主義者らをふたたび当選させれば、国家の安全を保持するうえで大害ありと判断した。

それでこの連中を圧倒して忠良の士を当選させようとして、あらゆる手段を用い選挙に干渉した。そのときのことに限らず、将来同様の事件に遭遇すれば、またかならず選挙干渉をおこない、神明に誓って破壊主義を撲滅しようと決心している」

品川は長州出身で吉田松陰門人であったが、その政治感覚はここに述べている程度であった。

宗光の『小伝』にはつぎのように述べられている。現代文でしるす。

「山県伯の辞職後、松方伯が内閣総理大臣となり、私はひきつづきその内閣に在任した。松方内閣は数多い事件に遭遇した。その重大なものをあげればロシア皇太子大津遭難の事があった。

また二十四年十月には岐阜・愛知両県の震災があった。このように年中気をゆるす日がない有様であった。

もとよりこれらは人変天異というもので、人間が決して予防できないものであるから、私がそのときに及んで心気を労するのは当然であった。

だが政府が議院と衝突の結果としてついに二十四年十二月二十五日、議院を解散したのは不本意であった。

この対議院政治の方針については、私は他の閣僚とおおいに意見が違い、将来の目的を定めることもなく議院を解散すべきではないと激論したにもかかわらず、内閣の多数は私の意見に反対した。

そのため私は辞職する旨、松方伯に公言しておいた。その後、政府はほとんど法をかえりみない干渉をおこない、天下の人心を激昂させた。

私は法を無視した干渉をもっとも見逃すべきではないときびしく弾劾《だんがい》したが、内閣はそれを容認せず、いまはただ自ら進退を決するよりほかはないため、辞職した」

明治二十五年三月十四日に辞任した宗光は同日、枢密顧問官に任ぜられた。『小伝』にしるす。

「右は特に、聖恩に出ずることとなるを以て之を辞し奉るの道なく謹みて命を拝せり」

藩閥とは何の関係もない宗光は、日頃から自分の立場について語っていた。

「藩閥の後援を望むべくもない私は、独力で政界を渡ってゆかねばならない。もし私が自分の信念をわずかでも動揺させるような行動をとれば、もはや陸奥の立場は微塵に砕け散るだろう。

いってみれば、いつでも命を懸けた斬りあいができるように、白刃を振りかざして他人と交渉をおこない、わが信念を守りぬかねばならない」

第二回選挙において、政府が法を無視した大干渉をおこなったが、民党は吏党の三倍にも達する当選者を出した。

衆議院、貴族院では選挙干渉に対する批判の声が高かった。議会では内閣弾劾決議案が通過し、予算案は削減される。

宗光が辞職したあと議会工作の方針をたてる能力をそなえる閣僚もいない。政府としての機能を果たせなくなったので、内閣総辞職をおこなおうとするが、閣内の方針がまとまらず、ついに松方総理が七月三十日に総辞職を決定するに至った。

この前後、天皇がご心痛のあまり徳大寺侍従長を通じ、伊藤博文に御下問された。

「いかにすれば、善良な議員を多数選出できるのか」

伊藤は選挙干渉を非難していたので、奉答した。

「聖慮といえども優良議員のみの選出はむずかしゅうございます。その理由は、かかる騒動のなかに身を投げいれることを、良識者は好まないためであります」

明治二十五年八月八日、第二次伊藤内閣が成立した。山県有朋が司法大臣、黒田清隆が逓信大臣、井上馨が内務大臣、後藤象二郎が農商務大臣、大山巌が陸軍大臣、陸奥宗光が外務大臣に任命され、世間では元勲《げんくん》内閣と呼んだ。

その前夜、宗光は岡崎邦輔、内田康哉とともに隅田川に船を出して酒宴を催した。

留守中に伊藤が何度か電話をかけたが、宗光がどこへでかけたのかわからない。

翌朝帰宅した宗光が、フランネル単衣《ひとえ》の着流しで帝国ホテルへ伊藤を訪ねると、礼装した伊藤はいった。

「そんな服ではいかん。早く着替えて参内せよ」

宗光はただちに木挽町の岡崎邦輔の住居へ駆けこみ、彼のフロックコートを身につけて馬車で参内し、外務大臣の任命をうけた。

宗光は伊藤総理がかならず自分を外相に任じてくれると期待していたが、それを露骨に待つ姿勢をあらわすのはいたたまれず、船上の酒宴などを楽しむふりをしていたのだといわれている。

伊藤は一年前に山県が辞職するとき、後任総理として上奏されたが、辞退していた。彼はその理由を述べた。

「日本は旧弊な者が多く、民度が低いためヨーロッパ式憲法を用いるには困難な点が多うございます。誰が総理大臣になっても長期にわたり内閣を運営してゆけないでしょう。

無理を承知のうえで拝命すれば、私を憎む者も多いので、いずれは事故に遭うことになります。私の身はもとより惜しむものではありませんが、その後を継ぎ皇室のために政府の舵をとって憲政をなし遂げる者が出てくるだろうかと心配するのです」

伊藤は薩閥の反撥を予期して、山県のあとを継ぐのをためらったのである。だが薩閥の松方内閣は機能不全に陥って総辞職した。

伊藤がそのあとをうけ、憲政を運営できなければ明治憲法は破滅する。

そのため伊藤は元勲内閣と呼ばれるほどの、強力な人材を閣僚として糾合したのであった。伊藤は今後の内閣運営のために、民党のなかで最大の実績を誇る自由党の首脳とふかいつながりを持ち、ドイツとイギリスの憲法を熟知している宗光の実力をおおいに発揮させようと思っていた。

このため伊藤が元勲内閣を発足させるにあたり、天皇と側近の人々が政治方針にかかわらないとの、譲歩を得たことが、『明治天皇紀』に記されている。

伊藤は総理大臣に就任するまえに、天皇に上奏した。

「洩れ承るところでは、前総理はすべての政務につき、まず天皇のご意向をうかがったのち、閣議にのせたようです。

私は不肖なれどもこのたびの重任をお受けするからには、万事をご一任いただきたいのです。重大問題については、もとよりご意向をうかがいますが、そのほかについては私が自己責任でとりはからいたいと存じます」

天皇はお答えになった。

「それでよし。朕は干渉するつもりはない。意見を求められたときにかぎり、答えよう」

伊藤はこの上奏をするまえに、徳大寺実則侍従長からの書状で、つぎの要請をうけていた。

「天皇は、内閣を一致協力させるのは、今後陸奥が大臣の席にとどまるかぎり、絶対にできないとふかくご心痛されておられるので、深く考慮して意見を知らせてもらいたい」

内閣が順調に運営できないのは、陸奥のおだやかでない発案によるものだと、天皇側近は見ていたのである。

保守路線を離れまいとする徳大寺らは、憲法制定、国会開設などが迅速に政府にとりいれられてゆくことを嫌っていた。宗光は彼らが今後も特権を維持してゆくための、保守政権に議会政治を持ちこもうとする、もっとも危険な人物であった。

伊藤は今後の憲政を巧みに運営し、さらに招き寄せねばならない政党政治の重要な実行者として重用すべき宗光を、天皇側近の干渉にさらさせることのないよう、徳大寺らの動きを牽制したのである。

宗光が外務大臣になったとき、農商務省で秘書官をつとめていた原敬が、通商局長と取調局長を兼任している。

原は宗光が農商務大臣を辞任するまで秘書官であった縁故を持つだけの男であった。盛岡出身者で宗光とは別の道を歩んできた。

だが宗光が大臣を辞職するとき、ともに辞めるといいだした。

「私はあなたに気儘《きまま》なふるまいをお見せしましたが、それでも信用して使って下さった。あなたが在任されている間に、あなたの印鑑をお預かりして代理して使用したほどであったので、省内で憎まれたことも多かったでしょう。

とにかく理由はともかく、私もあなたに従って辞任いたします」

元勲内閣に対する衆議院議長は、星亨であった。彼は第一回選挙には出なかった。栃木県第一区に彼を出馬させようとした後援者に応じなかったかわりに、身代わりの候補者を立て、自身は自由民権運動で使い減らした資金をかきあつめ、欧米へ旅立った。

星の洋行は、欧米の人士に日本の藩閥が独占している横暴きわまりない政府の実情を訴え、日本民権運動への協力を求めるためであったといわれる。

海外ではそのような政治運動はめずらしくなかった。アメリカの政治家・科学者であったフランクリンは独立宣言起草委員として活躍した。彼は独立戦争のときフランスへ使者として出向き、支持を求めた。

中国の孫文、朝鮮の金玉均も日本に同志を求め支持を得ようとした。自由党の窮境を支え大同団結をさせた実績を持っていた星は、日本に対して条約改正という圧力をかけうる欧米に協力してもらえば、日本政府内政に圧力をかけられると思っていた。

だが星は欧米へ出向いて、日本人を対等に扱う白人がいないことを、骨身に沁みるまで理解させられた。

彼は帰国したのち板垣退助を党首にいただく議員政党「自由党」を改組発足させた。新しい自由党は旧来の立憲自由党が、人民とともに行動しようとする大衆政党であったのに反し、人民大衆の行動を抑圧するための有産階級によって組織された、議員政党であった。

当時の衆議院議員選挙権は、地租などの直接国税を十五円以上納めている、満二十五歳以上の男子に与えられているので、有権者総数は四千万人の国民のうち、約四十五万人に限られる、すさまじい制限選挙であった。

東京は九区に分けられ、当選者の得票数は、つぎの通りである。

第一区　八十七票
第二区　五十一票
第三区　六十八票
第四区　百八十四票

第五区　八十票
第六区　二百二十八票
第七区　百二十五票
第八区　百四十三票
第九区　六十五票（当選者鳩山和夫）

投票には住所氏名を記し、実印を捺すので身元がわかり、脅迫、買収をするのはたやすいことであった。

選ばれた代議士の三分の一は、十町歩以上の土地を所有する地主で、都市の市民、知識階級は選挙とかかわりのない生活を送っていた。

政府を支持する地主階級は、明治十年代に解体された旧来の豪農ではなく、小作人搾取《さくしゅ》によって農業に寄生した高利貸たちの変容した寄生地主であった。

星亨がこのような政府に民党こぞって反抗するのではなく、裏面で議員政党に協力する方針に切りかえたのは民党への裏切り行為で、かっての同志たちにとっては驚天動地のふるまいであった。

星が豹変したのは日本が欧米諸国から文明国として認められるまでは、貿易を発展させ陸海軍を増強して、威力を高めねばならないと覚ったためであった。国力を増強するためには、国民から重税を徴収することも必要であると、民党の指揮者としてのこれまでの観念を、一変させたのである。

旧幕時代に中津藩の下級藩士の子として生まれた福沢諭吉は、大坂の蘭医緒方洪庵《おがたこうあん》の「適塾」に学び塾頭となり、江戸で蘭学塾をひらき英字を独習した。

彼は安政七年（一八六〇年）幕府がアメリカへ派遣する軍艦奉行の下僕となって咸臨丸でサンフランシスコへ出向き、帰国すると幕府翻訳方となった。

さらに文久二年（一八六二年）幕府使節に従ってヨーロッパに出向き、元治元年（一八六四年）に幕臣となり百五十俵を与えられ、翻訳局出仕となった。

慶応二年（一八六六年）には『西洋事情』を著述し、高名を博した。慶応三年（一八六七年）に軍艦購入のため渡米したが、帰国したのち大政奉還になると、中津藩、新政府の誘いに応じることなく、慶応四年（一八六八年）に鉄砲洲に慶応義塾と称する塾をひらいた。

明治四年には三田山上島原藩邸を政府から借用し、のちに払い下げをうけた。

明治六年に『明六雑誌』を発刊、封建思想、道徳を批判する。明治十五年に甥の中上川彦次郎に「時事新報」を発刊させた。

彼は民権主義を唱えず官民一和を主張し、海外への進出を望んだ。「時事新報」に掲載した論文に「圧制もまた愉快なるかな」という題名をつけたものがある。大要はつぎのようなものである。

「江戸時代、中津藩から参勤交代で大井川を渡ろうとすれば、たいへんな手間がかかった。小藩なので渡し場に早朝から出ていても四時間も待たねばならない。ようやく順番がきたと思っていると『下におろう、下におろう』というかけ声とともに幕府の行列が割りこんでくるので、さらに二時間ほど待たされることもあった。さきほど香港に旅行したが、支那の商人が靴を売りにきた。ほかに用もなかったので、ゆっくりと値切っていると、その様子を見ていた英国人が支那人の手から靴をつかみ取って私に渡し、二ドルほどの金を投げ与え、口もきかずステッキをふるい追いはらってしまった。

私は英国人の横暴なふるまいがうらやましいばかりであった。英国人は以前の幕府役人どころではない傍若無人のふるまいで、東洋諸国を股にかけている。彼らの心境はまことに愉快であろう。

日本も数億円の貿易をおこない、軍艦数千隻を配備し、国威を海外にとどろかせれば、英国人のように支那人を圧倒できるだろう。さらに英国人さえ奴隷のように従わせる圧制も可能になると、野獣のように獰猛《どうもう》な気分が湧きおこってくるのを、とめられなかった。

圧制を憎悪するのは人間の本質であるというが、圧制されるのを憎むのであって、自分が他に圧制を加えるのは人間にとって最高の快事といえよう。

昔の幕吏、いまの外国人に不快を覚えるのは、彼らから圧制をうけたためである。私が望んでいるのは、いま圧制をうけている者を反対におさえつけ、日本が世界最強の地位を独占することである」

星もまた外遊によって福沢と同様の国利民福を主眼とする国家主義者となった。官民が一体となって国力を増進しなければ、世界諸国が野獣さながらの争闘をくりかえし、支配者の立場をかちうる競争に敗北して、弱者としての屈従に甘んじなければならなくなる。

第二回総選挙に栃木県第一区から立候補して当選した星が、衆議院議長になったのは、宗光にかわって議員になっていた岡崎邦輔が紀州出身の代議士を集めてつくった紀州組という五人の組織のはたらきによるものであった。

宗光は駐米公使として在任するうちに、政党の背景を持たない政府が政策を順調に実施するためには、人数がすくなくても団結力の強い議員組織をつくることが必要であるということを知った。

岡崎は紀州組を中心として無所属議員を誘い、独立倶楽部という二十一議席の勢力をつくりあげ、それを足場として第三議会に星を議長に立候補させた。

民党の改進党は星を支持しなかったが、独立倶楽部が吏党と民党の主導権を握っていたので、自由党が星を支持すると、改進党も吏党の議長を立てないために同調せざるをえなくなった。

このため星は過半数の支持をうけ、天皇の裁可が下されて衆議院議長となった。宗光は板垣退助と星亨を中心とし、後藤、大江を支持勢力とする政治活動をおこなおうとしていた。

宗光は独立倶楽部が星亨の議長擁立に成功したのち、岡崎邦輔に指示を与えている。内容は星と紀州組代議士の児玉のほかには、絶対に洩らしてはならないと告げた。

一、紀州組、独立倶楽部のために予算委員長程度の要職を取るべし。ただし無理であると判断すればただちに撤回せよ。しかし予算委員会には是非とも二、三人の紀州組を入れよ。今年の資格委員会の人選は重要だ。選挙干渉問題の解決については、当委員会が担当することになるかも知れない。
一、星はただちに官邸へ移り、政府、民間のいずれにも威勢を張るほうがいい。
一、追加予算のうち、軍備費の継続費は綿密調査が必要で、採決は十一月の通常国会まで延ばす策をとれ。
一、条約改正は質問すべきである。上奏するだけではいけない。大臣を議会に出席させ、質問に答弁させるようにしむけることだ。

一、星は常に政府に強圧的な策を提示すべきである。決して迎合してはならない。そのうえで万一のときに態度を急変させる心得が必要である。

こうした宗光の指示により、松方内閣は事業案をひとつとして通過させられず、松方首相は辞任し、あとを継いだ伊藤元勲内閣は、伊藤、陸奥、星の密接な協力によって明治二十五年十一月二十九日から翌二十六年二月二十八日までの、第四回議会を乗り切ることとなった。

衆議院議長星亨は民党の士気を盛りたて、政府予算案を大幅に削減した。政府は清国との緊張が増大してきた情勢にそなえるため、松方内閣が通過を否決された軍事費に、戦艦二隻の建造費を加えた、海軍増強案を出した。

星は反対をとなえる野党の気勢に応じて予算削減の方針を変えず、戦艦建造も拒んだ。政府は停会を命じた。星は停会があけるとただちに政府弾劾の上奏案を可決させた。

追いつめられた伊藤は、天皇詔勅《しょうちょく》の渙発《かんぱつ》を仰いだ。

詔勅はこののち六年間、皇室内廷費から十分の一に相当する三十万円を支出し、官吏の俸給も十分の一を献納するので、国民にも建艦費に協力してもらいたいという内容であった。

議会において伊藤内閣が窮境に追いつめられてから、皇室内廷費、官吏俸給の削減をするという詔勅によって危機を免れる政治指揮は、宗光が伊藤、星と協力しなければ成功していなかったであろうと思える巧妙なものであった。

このとき建造が決まった「富士」「八島」はいずれも一万二千トンの巨艦で、清国の「定遠《ていえん》」「鎮遠《ちんえん》」の七千トンをはるかに凌いでいた。

両艦は日清戦争には間にあわなかったが、日露戦争で活躍することになる。


宗光が外相としてはじめて処理した外交案件は、防穀令《ぼうこくれい》問題であった。朝鮮が開港したのち、日本商人が居留地貿易をおこなうようになり、朝鮮から穀物を輸入するうち、日本は明治十六年に「朝鮮国に於て日本人民貿易の規則」を結んだ。

そのなかに朝鮮で穀物が不作の場合、地方官が日本領事に一カ月前に予告すれば輸出を禁止できるという条項があった。その防穀令が約束通り、日本領事への予告を遅延して発令されたので、大豆などを買いつけていた日本商人は数回にわたり損害をうけた。

明治二十四年十二月、日本弁理公使は日本の貿易商人が約二十万円の損害をうけたとして、賠償金十四万円を請求したが、支払いをするとの回答はなかった。

宗光は通商局長原敬に朝鮮との交渉をさせたが、朝鮮は財政逼迫《ひっぱく》をいうのみで解決の動きを見せなかったので、駐韓弁理公使梶山鼎介《ていすけ》を免職し、土佐立志社の壮士として知られた大石正巳を起用した。大石は強硬な交渉により、明治二十六年五月に賠償金十一万円を得て事件を解決させた。

# 条約改正

明治二十五年十一月三十日、フランスで新造し回航してきた水雷砲艦千島《ちしま》が愛媛県和気郡堀江沖で英国ピーオー社の汽船ラヴェンナ号と衝突沈没する事件がおこった。千島艦は松島、厳島《いつくしま》の二艦とともに、佐世保鎮守府の伝令艦とするため、明治二十年十一月フランスに発注し、明治二十三年十一月二十五日に進水式を終えたものであった。

全長七十一メートル、幅七メートル、排水量七百五十トン、五千馬力。五十七ミリ速射砲五門、十七ミリ速射砲六門、水雷発射管四門、乗組定員七十六名、マスト三本で、購入価格は二百万フランであった。

千島艦は十一月二十八日に長崎を出港し神戸へ向かう途中、三十日午前五時頃衝突し、艦腹に大損傷をうけ、たちまち沈没した。乗組員九十人のうち、ラヴェンナ号に救助されたのは、艦長心得以下十六人であった。

政府は日本天皇の御名においてイギリス領事館裁判所へ損害賠償五十万円の訴えをおこした。

ピーオー社は海難の責任は日本にあるとして、上海の高等裁判所に天皇を起訴した。イギリス高裁は瀬戸内海を「公海」であると認め、日本天皇に事件の責任ありという判決を下した。

国論は沸きたち、現行条約によって一歩も譲ることなく、イギリスに報復せよという声が国内に充満した。この国論を反政府運動に展開させようとしたのが、第四議会で衆議院議長星亨が予算案を「詔勅」の渙発によって通過させたため、自由民権運動の威力をそぎおとされた民党の志士たちであった。

第四議会で民党の主張がくつがえされ、資産家と寄生地主の党に変ってしまったいまは、対外強硬論者とならざるをえなくなった。

「対外硬」と呼ばれる彼らは安部井磐根《あべいいわね》、佐々友房《さっさともふさ》、大井憲太郎らを中心として、全国の院外勢力を動員して「大日本協会」を結成した。

自由党右派と左派が手をむすんだ彼らは主張した。

「外国人の内地雑居反対、対等条約締結、現行条約の履行、千島艦訴訟事件問題を解決せよ」

政府に強硬な対外政策を迫る大日本協会の後楯に伊藤博文の政策に賛成しない品川弥二郎、山県有朋がついていた。

明治憲法体制は、「外見的立憲制」といわれる。国民の一部が選出する機関は衆議院のみであった。ほかに憲法に従って運営される機関は議会、裁判所、貴族院だけであった。

他の元老、内大臣、軍部、枢密院、内閣、官僚は絶対の大権を保持し、神聖不可侵の天皇に直属しているので、民権運動家は東洋進出をとなえ、排外感情をかきたて、政府に果断な方針を請求して民意を動かそうとした。

当時の民意は国粋主義がほとんどすべてを占めていた。伊藤、陸奥宗光のように洋行をして外国の事情を理解している者は、閣僚のうちでもすくない。

国民のうちでは外国についての見聞を持っている者は無きにひとしい実情であった。外国をよく知っている開明派は少数で、その才を買われ国家権力の中枢にいる者が多いが、そのために外交面において国民の不満が増大するときは、国権を主張する報道機関などの煽動によって、国家方針を誤るに至ることもあった。

宗光は外務大臣就任ののち、外国との不平等条約廃止の方針を進めた。ポルトガルとの領事裁判権交渉もその一つであった。

ポルトガルは万延元年（一八六〇年）八月に幕府と修好通商条約を締結した。それは安政五年（一八五八年）にアメリカ、ロシア、オランダ、イギリス、フランスの五カ国と同様に領事裁判権を認め、輸出入税とも原則として五分と認めた不平等条約であった。

その後幕府から外国との諸条約を新政府はひきついだ。明治五、六年にわたり岩倉全権大使らが欧米諸国を歴訪したとき、ポルトガルを訪問する予定であったが、スペイン国内で戦乱がおこっていたので、訪問をとりやめた。その後、明治九年四月、イギリス在勤全権公使上野景範がポルトガルを訪問、リスボン宮殿でルイス帝に謁見《えっけん》した。

明治十三年三月から在仏全権公使がポルトガル公使を兼任することとなったが、明治二十五年六月に日本駐在のポルトガル領事が帰国してしまった。

総領事館が取り払われたので、ポルトガルの領事裁判権の執行者が不在となった。松方内閣外相榎本武揚《えのもとたけあき》は、幾度もポルトガル政府に連絡したが、なんの回答もなかった。

榎本外相はパリ駐在の野村公使に命じ、七月一日より治外法権廃止をポルトガル外務大臣に通告した。七月十四日には勅令によってポルトガルに対する治外法権撤去を公布。七月十六日に榎本外相はマカオ在勤のポルトガル公使に対し、日本に在留する同国民に対する裁判権を執行するとの連絡をした。

宗光は外相に就任すると、この件を閣議に提出し、二つの方針を閣議で定めさせた。

「この問題はポルトガルとの争議にとどめ、他国が干渉してくる口実を与えないことが肝要である。ぐずついていると、すでに最恵国条約を結んでいる大国が異議をさしはさみかねない。そのためには両国のあいだでおこなうことだが、条約改正の申しいれはなるべくポルトガルからしかけてくるようにしなければならない」

八月十二日、ポルトガル外相から同国公使館と東京領事官の事務処理を、フランス代表者に依頼したとの電報をうけた。

さらにマカオ公使から、フランス代表者をポルトガル臨時代理公使に任じ、東京領事館の事務を扱わせると、本国訓令により通報してきた。

ポルトガルははじめは高姿勢であったが、事態を察知すると丁重な会談を申しいれるようになり、ポルトガル公使兼任の駐仏公使野村靖は、ポルトガルが非を認めているので許してやれといったが、宗光は応じない。

フランスの代理公使コラン・ド・プランシーは宗光に会い、頼んだ。

「貴国が七月十四日に公布された勅令の実施を二、三カ月見あわせられたい。双方が協議せず一方的に条約の一部を破棄した前例はきわめて少ない。国際公法に反するのではありませんか」

宗光はプランシーの抗議を一蹴した。

「勅令発布までに、当方ではポルトガルに交渉の手段をつくしているので、実施見あわせをする必要はない。

公法上の問題については、当事者が異論を持つ例はすくなくないので、この段階で談判することはなかろう」

明治二十六年一月二十七日、ポルトガル代理公使は広東《カントン》駐在の領事を東京駐在領事に転任させ、二月六日に領事館を東京に再設したので、日本政府が公布した治外法権撤去の勅令の停止を求めてきた。

宗光はことわった。彼は八月二十四日付の書状で伊藤首相あてに事態を重視せねばならないと通報している。

「この件については各国使臣のうちに一人か二人はポルトガルに協力する者があらわれる可能性はある。しかし連合してわが政府に干渉してくるほどのことはまずなかろう。

しかしポルトガルとの談判は一時破裂するかも知れない重要事件になる」

九月八日、マカオ在勤ポルトガル公使ボルジアは本国政府訓令による口上書を、宗光に提出した。

万延元年（一八六〇年）の条約を改正し、完全な対等条約をむすぶことにするが、その談判をおこなっている期間は、ポルトガル臣民に対する民事、判事裁判権を在日ポルトガル公使館に回復するという内容である。

宗光が受けつけなかったので、ボルジア公使は十一月十七日、万延元年の条約において得た権利を妨害する、一切の行為は無効であると宣言したが、宗光は宣言を認めないと回答した。

その後、日本がポルトガルとの新たな通商航海条約を結んだのは、宗光が外務大臣を辞職し、病を養っていた明治三十年一月二十六日であった。


条約改正にむけての国内体制は、充実した内容をととのえていた。伊藤総理は第四議会の演説で、つぎのような内容の所信を述べた。

「内政をただすとともに、ながらくわが国が熱望してきた条約改正の大業をなしとげねばならない。

維新以来の念願を達するためには、国民の意思を統一しなければならない。条約改正の要点は、国として持つべき権利を有し、国として尽くすべき義務を尽くすことにある」

衆議院議長星亨は自由党にわが意向を告げた。

「私は直言する。いままでの条約改正に諸君は前向きの運動をせず、うしろむきの運動ばかりしていたのはよくなかった。

条約改正を中止させようという運動ばかりをして、改正運動をしていなかったのではないか」

当時の自由党は、十年ほど前と内容がまったく違っていた。自作農の大半が小作農に転落し、寄生地主が農業体制の支配者になったのである。

星はこの寄生地主層の台頭に従い、西欧の政党のような近代化路線を進もうとしたものであった。

宗光は明治二十六年七月五日、条約改正についての意見書を閣議にさしだし、八日の臨時閣議で交渉推進の手筈《てはず》を定めたうえで、十九日に伊藤と参内して天皇の御裁可をいただいた。

宗光は宮中、政府、議会が協力して条約改正を実現させるための、隙のない態勢を組みあげていった。

宗光は八月四日、駐独公使青木周蔵《しゅうぞう》に、条約改正をおこなうもっとも重要な相手国である英国との交渉をはじめるよう、訓令を発した。

青木は宗光のまえに外務大臣をつとめていたとき、駐日英国公使フレーザーと条約改正交渉をおこなったことがあり、相応の実績をあげたので、伊藤、井上らが彼を再度起用しようと考えていた。

宗光も青木と長く交友関係を保っている。フレーザー公使は折りよく賜暇《しか》休暇で帰国していたので、青木がロンドンへ出向き、フレーザーと交渉をはじめることができるので、好都合であった。

宗光は七月二十五日、青木に手紙を送り、条約改正についての日本政情について知らせている。

「これまでの条約改正交渉では、外国政府からの異議をうけるよりも日本の政府官民がそろって不満を述べた前例は、あきらかである。

だが今度の政府の方針は、天皇陛下をはじめ奉り、内閣のすべて、枢密顧問官などが一致して成立を望んでおり、前例のように背後や内部から反対されるおそれは、まったくないだろう。

英国政府は日本政府には条約改正の熱意が乏しいといってきたが、今度は熱意に満ちている。今度の内閣は元勲内閣と呼ばれており、すべてにおいて欠陥がないとはいわないが、条約改正という国家にとってきわめて重大な事件については、これまで内部の意向不一致でくりかえしやり損じてきた人々が、結束したのだから内部から崩れる気づかいはない」

宗光が考案した条約改正案は、まったく遺漏《いろう》のない対等条約であった。宗光が七月五日に内閣へさしだした意見書によれば、その内容は、最近通商航海条約の平等な対等姿勢をつらぬいたものである。世界の模範といわれている一八八三年（明治十六年）の英伊条約にならったもので、加えて日本・メキシコ条約のうちで対等相互主義によっている条項を採用したものである。

宗光の条約改正案は、案文が完全な平等条約で、条約を批准して五年後に条約が発効することになる。

青木ドイツ公使は八月十八日に英国との交渉をはじめ、九月二十一日まで英国側の譲歩できる線とできない線の大体を把握した。青木はいったんベルリンへ帰任ののち、交渉の進展情況につきはっきりと把握し、自分の意見をそえ、東京の政府に報告してきた。

青木の交渉内容はきわめて的確であった。

宗光は十二月初旬に青木ドイツ公使を英国公使兼任として、日英条約改正全権委任状を与え、英国との正式交渉を開始させ、河瀬駐英公使には帰朝を命じ、枢密顧問官に任ずることにした。

青木は十二月二十八日にロンドンへ到着して外務省から、東京でおこった事件を通知された。在日英国公使館のイギリス人宣教師ショウが暴徒に襲われた。ショウは近所にいた巡査に救助を求めたが、巡査は救助しなかったというのである。

帰英しているフレーザー公使の留守をつとめている英国代理公使ド・ブンセンは、

日本政府に、満足しうるだけの損害賠償を要求し、宗光はすべて承諾したが、政府の措置がなぜか遅延した。

このため英国政府は条約改正交渉を一時中止し、フレーザー公使に翌年早々の東京帰任を命令した。

青木公使も英国外務次官に、宣教師ショウへの襲撃事件について、政府が一時的であるが態度を強硬化する動きがあるので、ドイツへ帰り情勢の変化を待つほうがいいとすすめられたので、事情を宗光へ打電してベルリンへ戻った。

このように日本国内での外国人排斥運動がおこったため、英国政府の条約交渉の開始は遅れたが、実際は交渉の実質において妥結したと判断してもよい情況まで進展していた。英国が譲歩できないといっていた、条約発効までの法典完成と、永代借地権の二件につき、日本が英国を満足させるだけの回答を与えていたためである。

「対外硬」の方針をとる安部井磐根らの「大日本協会」は、明治二十六年十一月に開会された第五議会に「緊急動議」として、「現行条約励行建議案」を提出した。

「現在、安政条約によって対外活動がおこなわれているが、実際には条約規定以外の多数の特典を外国人に与えている。この事実を黙視せず、条文の通りに実行させて国権を回復せよ。

こうすれば外国人に不便を実感させ、有利な条約改正にみちびいてゆけるのだ」

建議案は十二月八日に提出されたが同月十九日に上程され、安部井議員が趣旨説明をはじめると、十日間議会停会の詔勅が下った。

ついで十二月二十九日、大日本協会は衆議院議長星亨の収賄事件につき不信任上奏案を提出し、可決した。

議長の任免権は議会にないので、星は応じなかった。星は貧困のどん底から這いあがってきた男で、気にくわない相手はどんな強敵でも妥協せず、徹底して闘争をかえりみない人物であったので、敵が多い。

彼が「大日本協会」に追及されたのは、相馬事件と取引所収賄事件であった。相馬事件は旧相馬藩の家来であった錦織剛清が、現相馬家の当主は兄を毒殺して、家産を横領した悪者であると訴え出た事件である。

新聞種としておおいに人気が集まり、この謀殺は立証できず、いかにも忠臣らしい姓名の錦織は誣告罪《ぶこくざい》で刑罰をうけるのだが、星は主人側の弁護をうけていたので、彼までが収賄している悪人のようにいわれることになった。

取引所の収賄事件も星は潔白で、新聞発行者が有罪判決をうけた。いずれにしても事実無根であったが、彼を嫌う者が多かったので、反対派に議員除名案を通されて除名されてしまったのである。

宗光は星が協力しなければ、議会を条約改正に統一行動させる自信がなかったので、かねてから考えていた果敢な打開策をとることに決心した。

「もうどうにも打つ手がなくなってきたぞ。あとへは退《ひ》けん。断乎としてやるのみじゃ」

宗光は閣議に内密の意見書を提出した。現代文でしるす。

「昨今、外国人の内地雑居に反対意見をいいたてる者が多くなり、協会をつくって各地方で騒ぎたて、これに乗りたがる者が多くなってきてたいへんな勢いとなっている。

その連中のなかにはさまざまな人物がいるが、主張していることはつまり攘夷《じょうい》である。

今月八日、安部井磐根、佐々友房らが法案を提出した。内容はまとまりがなく、議論せねばならないほどのものではないが、立案の根本は外国人排斥、プロシアにおいてのユダヤ人迫害にひとしい考えである。

このような精神は、政府が維新ののちひとすじにつらぬいてきた開国の精神に離反するもので、どうしても抑圧せねばならない。

放置しておけば条約改正交渉に大きな妨げとなって、維新ののちつづけてきた開国の大事業が挫折しかねない。

いまは一日もためらうことなく、つぎにしるす手段を実施すべきである。
一、安部井らの提出した法案が議事日程にのぼった日に、議会を一時停会する。

（十二月九日〜十八日）
二、停会しているうちに、政府側でこれに対応する対策を考察しておくこと。
三、停会後、政府はこの法案が維新の国是に違反していると指摘し、議会が自主的に廃案とすべきことを求める。
四、議会が条約励行法案を廃しない場合は、議会をただちに解散する。（十二月二十九日）」
対英条約改正が成功する直前の、きわどい立場にあるいま、星議長は失脚し、議員の多数が軽率に攘夷主義のもとへ結束してこのような法案を成立させられたら、英国政府の日本に対する不信感は一気に高まる。

交渉が決着をつけるまで、いかなる手段をつくしても攘夷派の法案を通過させてはならなかった。

だが宗光の意見は閣議でうけいれられなかった。反対者がいたのである。

いまはこれまでであると、宗光は伊藤首相に辞表を渡し、天皇への執奏《しっそう》を願った。

「このたび小生と閣僚が意見の相違をきたしました。これは小生の浅学短慮によるものので、他人を咎めるものではない。しかし小生が信念として抱いているものを、他人に譲り渡すこともできないので、このうえ内閣で揉めごとをつくりたくないため、辞表を提出します」

伊藤は宗光をひきとめ、短慮ではないかと叱責したが、しだいに同意の色をあらわす。

「元勲内閣は何事にも性急な動きを見せず、用心深くせねばならん。停会、解散など非常の措置はやってはまずいと思っておったが、貴公の考えを聞くうちには、いまとなってはそのほかに手だてはなかろう」

伊藤は全閣僚に宗光の意見を納得させ、宗光を内閣にとどまらせた。

大日本協会の主唱する条約励行法案のうち多数の議員が同調したのは、外国人の内地雑居反対というばからしいばかりの攘夷論にもとづくものであった。

岡崎邦輔は当時の情勢を『憲政回顧録』に語っている。

「外国人に土地の所有を許したら、富士山だの日本三景だの、その他天下の名所は外国人に買いしめられるだろう。外国人は非常に金があるからとても日本人は競争にならず、たいへんなことがおこるといった調子の議論が本気で交されていた」

「外国人に内地雑居を許せば、彼らは好色、乱暴であるので、社会風俗は混乱してしまうだろうと気遣い、対外硬論によって世人を煽りたて、政府の条約改正交渉に反対をする者が多かった」

十二月十九日、現行条約励行建議案が、緊急動議として議会に上程されたが、政府は安部井議員が趣旨説明をはじめるとまもなく十日間議会停会の詔勅が下ったので、議会を中断した。

停会期間が過ぎた十二月二十九日に宗光が外相として演説した。ついで現行条約励行建議案についての説明がおこなわれようとしたときにまた詔勅により、十四日間の停会となった。

政府は同日のうちに大日本協会に解散を命じ、翌三十日には衆議院を解散させた。


十二月二十九日の宗光の外相演説は、開国主義の国是にもとづき条約改正史、帝国議会史、日本近代史に残る名演説で、その内容は『条約改正史』に記載されている。

内容のあらましを現代文でしるす。

「私は維新ののち政府が推進してきた、外交の大方針をあきらかにするため、出席しました。これまで国家の大計であり国是とされた開国主義により、いかに国家の進歩が速められ、いかに国民の幸福がふやされてきたかを述べるとともに、本日議事日程にのせられている議案、おなじ方針から発する他の議案は国是《こくぜ》といかなる関係になるかをご説明し、諸氏の公平な判断をいただきたい。

おそれながら今上陛下が御即位のはじめ、ふかくお考えなされ、断然開国主義を国家の大計と定められ、政府に奉仕する先輩諸士も深く陛下の意を体し、いかなる困難にむかうとも開国の大計を守ってためらうことがなかったのです。試みに維新に際し天皇が渙発された詔勅、これを奉じて政府が発した法令をあらためて下さい。わが国がこれまでに達成してきた進歩と改革は、すべて開国主義にもとづいたものです。

維新の頃は攘夷鎖国主義者が多かったのですが、陛下はそのとき国家将来の大計を深くお考えなされていたのです」

宗光はその日は歯痛に悩まされていたというが、語るにつれてしだいに聞き手をひきつけてゆく。

「日本はその後国の内外にさまざまの事件がおこり、失錯《しっさく》も数々ありました。その原因は政府の責任でもあり、国民の誤解もあったのです。

しかし、国運をふりかえれば、明治初年の貿易額は三千万円弱であったが、明治二十六年には一億六千万円余となりました。陸上には三千マイルに近い鉄道が敷設され、一万マイルに近い電線が架設され、数百隻の西洋型商船が航行し、欧米列強と訓練、整備において対等の常備兵が十五万、軍艦は四十隻に達しております。こののち軍備はさらに増強したい。また個人・言論の自由をひろげ、制度文物の改良、学術・工業の進歩もめざましいものです」

宗光は声に力をこめる。

「特にあげるべきは立憲制度がうちたてられ、こうして国民の代表者たちが国家の重要問題を議論できるまで進歩した例は、アジア諸国のどこにあるでしょうか。

この二十余年の進歩は、欧米諸国も他に例を見ないことだと感心していますが、私たちは現況に満足することなく、現在の何倍もの改革進展を実現させる進取《しんしゅ》の気象を持っているとの自信があります。

これは天皇陛下が国是をお定め下さり、維新以来の先輩の方々がよく輔翼《ほよく》して、忠勇な四千万の同胞が国家大計に従い奮闘して、いまの文明開化をもたらしたためです。これは歴史の事実と照らしあわせられて、よくご理解いただけることです」

宗光は現行条約励行建議案の矛盾点をついてゆく。

「さて本日の議事日程にのぼっている議案とその関連議案については、提出した議員の方々が愛国の至情に動かされておられることはよく理解できます。しかしこれらの議案の背後にある判断は、維新以来の国是とはちがい、進取の気象はうかがえず、ひたすら保守を重んじているのみであります。

これまで推進してきた進取の気象を国民の間から失わせるような議案が、衆議院議場に提出されたことを悲しむばかりです」

宗光は安政年間、維新初期に設けられた現在の条約はきわめて不完全なもので、条約を厳守するよりも、現状に即した弾力的な運用をするのが、国の内外で外国人と交易をする日本人の実益をはかる結果になるといった。

条約励行案を実施するといっても、外国人が居留地の外に出て歩いているのを取締るほどのことである。宗光は幕府時代は各居留地の外国人自治を許していたが、明治十年以降は大阪、神戸以外の居留地では、日本政府が行政権を持つことになったと述べる。

また幕府時代には英仏軍の駐屯する経費を日本が支払っていたが、維新後はこれらを撤兵させた経過を説明する。

「外国との交渉はギブ・アンド・テイクでやらねばなりません。政府は旧幕とはちがい開国主義をとったので、病気保養とか学術研究のために外国人に内地旅行を許可する必要もでてきました。

去年、内地を旅行した外国人は九千人でした。一人が四、五百円の旅費を使います。条約励行を実施すると、相手の国にも励行されることになります。

日本に住む外国人は条約のうえで多くの権利を認められていますが、外国に住む日本人はメキシコ、清国のほかは何の権利も認められていません。このため条約をきびしくおこなえば日本人のうける損害が外国人よりも大きくなるでしょう」

条約改正の目的を達するためには、日本がアジアのなかで特別に発展している強力な国であることを、外国人に確実に認識させることが大切であり、ほかに手段はないと宗光はいった。

「条約改正の目的、いや日本外交の目的は、第四議会で総理がいわれた通り、国として受くべき権利は受け、国として尽くすべき義務を全うすることにあります。

日本帝国がアジアのうちに存在し、欧米諸国からアジアの他国が享受できない特別待遇を受けようとするならば、日本国内においても、アジア諸国家にはない政策を実行し、日本国民も他のアジア国にはない独得の進取の気象をあらわさねばなりません。

そのために今日の外交のなすべき要務は自尊自重、誰を侮《あなど》ることなく、誰をも怖《おそ》れず、たがいに尊敬をつくし、文明強国の一員となることであります」

宗光は近頃のヨーロッパ、アジアの歴史の変転について語った。清帝国をはじめとするアジア諸国が、外国人に小心臆病でありながら、政治交渉において虚勢を張り、外国人を侮蔑して紛糾をおこすと対応策を思いつかないまま戦争をおこし、敗北して国辱《こくじょく》をうけ衰運《すいうん》を招いた例をあげる。

「外交政策は、国民の気質をあらわす傾向があります。かつて幕府は鎖国攘夷の風潮をおさえられず、外国人との交流を制限する政策をとりました。

開国という外交方針をとれるのは、団結力がつよく難局に堪え、進取の気象に富んだ人民に支えられた国家のみであります。

私は最後に政府を代表して申しあげる。条約励行とかその付随議案は、維新以来の国是に反対するもので、政府はこれを排除する責任がある。かような議案が国会に提出されたからには、いささかもためらうことなく反論いたします。

この際、政府の外交方針をあきらかにして、諸君の反省を求めるものであります」

この演説は宗光の確固とした開化主義の方針に支えられたものであると、政府系新聞や外字紙は賞讃した。

宗光が演壇を下りたあと、予定の通り十四日間停会の詔勅が下りた。さらに議会が条約励行建議案を撤回しないことをたしかめた政府は、議会解散を奏請した。

同日に政府は大日本協会解散を命じ、翌三十日に議会は解散された。十二月三十一日英国代理公使ド・ブンセンは陸奥外相に私信で満足の意を表してきた。

「あなたのご演説は、貴政府の進歩的政策が誠心誠意おこなわれていることを、十分立証することができるでしょう」

明治二十七年一月二日、宗光は井上馨にあてた書状に新年賀宴の様子を語っている。現代文でしるす。

「昨日、宮中で各公使に面会すると、誰もがこのまえの小生の演説の趣旨に満足し、また議会解散、大日本協会解散についての元勲内閣の決断を、たいへんほめていました」

政府は三月一日の総選挙、五月中旬の国会再開までに日英条約交渉をできるだけ進めておきたいが、その後英国は条約内容につきなぜか日本側の意向をたずねるのみで、なかなか交渉に乗りだしてこなかった。

# 日清開戦

　イギリスとの条約改正交渉について、胆を冷やすような事件が思いがけない時におこった。明治二十六年十二月二十八日、ロンドンに滞在し交渉にあたっている青木周蔵駐独公使が、外務省をたずねると、東京で在日英国公使館の宣教師ショウが、凶漢に襲いかかられたと聞かされた。

「ショウは近くにいた巡査に救助を求めたが、巡査は動こうとしなかった。フレーザー公使が帰国していたので、東京にいる代理公使ド・ブンセンが日本政府に相当の処分を求め、陸奥外相はそれを承知した」

　事件は収まるはずであったが、日本側の行動が遅れたため、英国政府は強硬な姿勢をあらわした。フレーザー公使に翌年ただちに東京へ戻るよう命じ、青木公使には英国外務次官がドイツへ一旦帰るよううながす。

青木は陸奥宗光に、ショウの事件で談判が停止された事情を電報で知らせ、三十一日にベルリンへ帰着した。宗光は迅速に手をうつ。

ド・ブンセン代理公使はローズベリー外相にその結果を打電した。

「ショウの事件は満足できるだけの措置をうけました。日本政府は外国人排斥運動をたしかに制圧し、外国人の内地雑居に反対する大日本協会を解散させました」

英国との緊迫した情況は収まった。

明治二十七年二月二十五日、フレーザー公使が東京に帰任したので、宗光は二十七日に公使と会い、条約交渉をおこなった。

「あなたが留守のあいだにポルトガル公使が日本との条約改正を求めてきました。内容は対等条約です。

その前に貴国の臨時公使ド・ブンセン氏から、日本政府はポルトガルとの条約改正をするようだが、条約改正はイギリスに率先権があるといわれました。

それで貴国に遠慮してポルトガルの要求に対し、回答を避けています。日本政府はかようにいろいろと配慮しているので、貴国側もなるべく早く談判を進めていただきたいものです」

フレーザー公使は日本との貿易量は世界でもっとも多く、居留民の人数も最多である英国が、条約改正で他国に先を越されることは、なんとしても避けたい。

彼は宗光の要請によって、さっそく本国へ条約改正催促の電報をうつことにした。条約改正問題とともに、朝鮮をとりかこむ日本と清国、ロシア帝国とのあいだに、極東最大の国際紛争がおこりかけており、日をかさねるにつれ情勢は切迫してきていた。

朝鮮は長く鎖国政策をとってきた。日本が安政五年（一八五八年）開国策をとり諸外国と通商条約をむすぶと、朝鮮は極東でただひとつの鎖国策をとる国となった。維新によって日本が新政府を成立させたのち、朝鮮と交流し交易をおこないたいと希望したが、朝鮮はまったく応じなかった。

だが日本は今後の外患にそなえるために朝鮮をどうしても、わが勢力のもとに置かねばならないので、国交をむすぶ努力をつづけていた。

明治八年九月、江華島《こうかとう》事件がおこった。日本軍艦雲揚《うんよう》が朝鮮沿岸の測量をおこなっているとき、飲料水を補充するため漢城北東の江華湾に入ったが、朝鮮の江華砲台が無断侵入を咎《とが》め砲撃した。

だが射程がみじかいので雲揚に着弾せず、かえって雲揚の砲撃によって砲台は壊滅した。この事件は日本側が仕組んだものであったといわれるが、日本政府は黒田清隆全権大使と副使の井上馨を、数隻の軍艦をつけて朝鮮へ派遣し、きびしくその無法な行為をなじらせた。

朝鮮は日本の強硬な談判に屈し、日本と修好条約をむすび、開国方針をうけいれざるをえなくなった。

こののち明治十五年には米朝条約、さらに英朝条約、独朝条約が結ばれるに至り、朝鮮は欧米の注目を集めるに至った。

朝鮮を開国させた日本は、清国と敵視しあうことになった。朝鮮はそれまで清国を宗主国として、国政についての保護をうけるとともにその指示に従う義務を持ち、貢物を贈っていた。

清国は安南（ベトナム）でフランスの圧迫をうけ、北方からロシアに侵略され、朝鮮に助力する余裕がなかったので、朝鮮が外圧をうけたときは外交権は宗主国の清国が掌握しているので、単独交渉はできないといわせる。

外国が清国に交渉をもちかけようとすると、朝鮮はたしかに藩邦ではあるが国境の外であり、その治政にはかかわらず自由に任せているといって、応対を避ける。

江華島事件のときはこの交渉回避策を用いる余裕がなく、日本と結んだ日朝修好条規（江華条約）では朝鮮は自主の国で、日本国と平等の権利を保有すると明記された。

清国は日本に対し、朝鮮が「自主の邦」であるといわざるをえなくなったが、清朝の陋習《ろうしゅう》改革を推進した重臣李鴻章《りこうしょう》が北洋大臣に就任すると、うすらいだ宗主権の実質をふたたび回復させるための手段を講じていった。

明治十五年七月、朝鮮国王の父大院君の命令によって兵士が日本公使館を襲撃する壬午の変では清国軍が迅速に行動して大院君を捕らえ、事変を鎮めて日本に先立ってはたらき、朝鮮の宗主国にふさわしい威力をあらわした。

つづいて明治十七年、安南に侵入したフランス勢力を駆逐するため、清国はフランスと戦争をはじめたが、至るところで敗北したので、朝鮮の宗主権も維持できかねるようになった。

このため同年十二月、朝鮮の親日勢力が日本の応援を頼んで蜂起した甲申事変は、清国軍の大兵力に圧倒された日本軍が動きを封じられ、親日派は崩壊し清国は宗主国としての威勢を回復した。

翌十八年、李鴻章は朝鮮における宗主国としての立場を強化するため、腹心の部下である袁世凱《えんせいがい》を漢城に駐在させ、清国の武力を用い、日本勢力を圧倒した。

朝鮮が独立していることは日本との江華条約に明記されているだけであった。甲申事変のあとの日本と清国の立場についての交渉は、伊藤博文が天津《てんしん》でおこなったが、清国は朝鮮の宗主国としての実力を頼り、伊藤の要望を容易にうけいれなかった。

伊藤は困難な交渉をかさねて譲らず、朝鮮における今後の両国の立場が対等であることを、かろうじて認めさせた。成立した天津条約の内容は、つぎのようなものであった。現代文でしるす。

「朝鮮国でもし変乱重大事件がおこれば、清日両国あるいはその一方の国が派兵を要すれば、まずたがいに公文をとりかわして事情を了解しあい、事変が終りたがいの意見がまとまれば撤兵する」

朝鮮はロシアの脅威にもさらされていた。ロシアは一八六〇年（万延元年）に清国が英仏軍に攻められ、北京が危うくなったとき、黒竜江下流を清国の抵抗をうけることなく渡り、ウスリー江東方の地域をわがものとして、豆《と》満《まん》江《こう》を国境とさだめ、朝鮮とむかいあった。その後、朝鮮へ勢力を伸ばす機をうかがっていた。

ロシアは朝鮮に進出して、不凍港を獲得したいのである。清国にとって強大なロシアが朝鮮に侵入すれば危険きわまりない情勢が喉もとまで迫ることになる。

清国は宗主権さえ認めてくれるならば、朝鮮と欧米諸国が国交をひらいて貿易をおこなうのを、積極的にうけいれる姿勢をあらわした。

朝鮮には外国語を習得した者がいないので、国際法をまったく知らない。欧米の国家が朝鮮と条約を締結するためには、北京で李鴻章にまず話をもちかけ、彼のとりなしによって朝鮮首脳と交渉することになった。

李鴻章は元天津駐在のドイツ総領事メーレンドルフを朝鮮政府の外交顧問に推薦して、日本と清国が天津条約により朝鮮から撤兵したあと、朝鮮国王とロシア公使に密約させ、ロシア兵力によって朝鮮を保護させる計画を進めていた。

密約は途中で破綻し、メーレンドルフは全責任を負い辞任したが、明治十八年の春、ロシアが朝鮮と密約をかわし、その領土を保護するため行動に移るという情報がひろまると、イギリスは間を置かず軍艦を派遣して、たちまち全羅南道沖合の巨文島《きよぶんとう》を占領させ、変事に備えた。

もしロシアと戦うときはそこを根拠地とする。戦争がおこらないときも朝鮮でロシアが単独で行動できないように牽制し、領土拡張を実現させないようにはかろうと考えたのである。

朝鮮国王らは清国から派遣されている袁世凱の圧迫から逃れようとしてロシアを頼り、明治十九年にふたたびロシア勢力を導入し、清国支配から脱出するため密かに助力をうける約定を結んだ。

ロシアの南下方針は日本、清国、英国が座視できないものであった。

明治二十七年の春先から朝鮮全羅道の西南部一帯では、東学党の叛乱がいきおいを増し、朝鮮兵は彼らを鎮圧する戦力がないので、増援を求める要請が漢城に幾度も届いた。

朝鮮政府は五月五日、精鋭の名を知られる京兵八百人を漢城から全羅道にむかわせた。

政府の大臣たちのうちには東学党討伐に反対する者が多かった。

「東学党は良民だ。地方官が腐敗して私利をはかるので、悪政にたえかね決起したのだ。良民をいたわるべきで、討伐してはいけない」

このような声があるので、兵の士気があがらない。

全羅道へむかった京兵は、敵に遭遇するまえに半数が逃亡した。戦闘がはじまると、京兵はもろくも敗北する。

政府は江華軍営の兵四百を援軍として急行させることにしたが、官僚たちは彼らが鎮圧に成功できないと見ていた。朝鮮駐在の日本代理公使杉村濬《ふかし》は、清軍に援軍を求めようとする官僚たちに忠告した。

「内乱を鎮圧するために清国の援助を頼めば、彼らにつけこまれるばかりです」

官僚たちは杉村の忠告をうけいれたが、五月三十一日に全羅北道の全州城が陥落したとの通報が届くと、たちまちうろたえ、清国に援兵を依頼する公文を、清国の駐在代表袁世凱に送った。

東学党の名はキリスト教を西学というのでそれに対抗するためにつけたものである。来世の幸福を求めるキリスト教に対し、現世利益を求めることで信者の数をふやした。

呪文をとなえ、それを書いた紙を焼き病人に飲ませると、あらゆる病気が治癒するという噂がひろがり、悪政にしいたげられている農民たちが信者になり、三十年ほどの間に大集団をつくりあげていた。

民衆が宗教によって団結すると、国政に対する不満を団結力により発散させる活動がはじまってくる。

東学党は庶民の攘夷の傾向をうけいれ、外国人を追放する運動をおこなっていた。明治二十七年の農民一揆は、郡県の役所を襲撃し軍器庫を破壊して兵器を奪い、荒れ狂う。

朝鮮政府では大臣たちの大半は、清国軍に東学党制圧を依頼するのは、他国の兵力によって朝鮮国民を殺傷するので、忌むべき結果をもたらす。その機を逃さず日本などの他国勢力が干渉してくるというおそれもあるので反対するという意見が多かった。

漢城に駐在する杉村代理公使は十数年にわたり朝鮮問題にかかわってきた熟練者で、袁世凱との親交があった。朝鮮から清国への出兵を懇請する書類は六月一日に作られたが、清国へ発送したのは六月三日であった。

杉村は六月一日にこの情報を知ってただちに宗光のもとへその旨を打電した。宗光は六月二日の閣議で朝鮮出兵を決定するよう要請した。

宗光は意見を述べる。

「朝鮮に清国出兵となれば、現在でも圧迫されている日本の立場はさらに弱まり、今後は朝鮮において清国の望むがままに動かざるをえないでしょう。いかなる理由であろうとわが国は清国出兵のときには、彼らに対抗すべき軍隊を送り、力関係において清国兵力との均衡をとらねばなりません」

伊藤総理をはじめ全閣僚は即座に賛同して、第五師団に派遣軍を編成する命令を下した。

宗光は備忘録である『蹇蹇録《けんけんろく》』に、そのときの情況を記している。

「不意におこった事態であったが、対応はすべて迅速におこなわれた。こんな内情は外交、軍事の機密とされていたので、一般国民はまだそのことを知らず、朝鮮派兵の促進を口にして、政府が怠慢であると非難していた」

宗光の判断と実行力のするどさは、清国の行動を先制し、その後の日清戦争の局面に明暗をわかつ結果を招いた。

宗光は杉村代理公使との連絡を密接におこない、朝鮮における事態を的確に把握し、対応策を常にたてていた。軍部も宗光の通報をうけ、非常時に出兵する支度をととのえていた。その結果、清国に先んじて朝鮮へ有力軍団の派遣を即時発令できたのである。

六月二日に出兵を即断せず、しばらく形勢をうかがっていたときは、日清戦争の結果は日本にとってきわめて不利に展開していたおそれは充分にあった。

閣議に参謀総長有栖川宮と次長川上操六中将の出席をまって、さしあたり海兵数百名と混成一旅団を派遣すると決め、天皇の裁可をうけた。清国と戦争がおこる可能性が濃い重大な決定が、即日発令された。

さっそく陸海軍の行動を統一し、政府の意向に応じる必要があるので、特別統帥部《とうすいぶ》を設けなければならない。

そのため総督府を設ける意見が出された。だが、混成旅団と海軍の小部隊のために設置するには過大との声も出たが、大本営を設けることとして六月五日に允裁《いんさい》を経て開設した。

政府と軍部は清国との開戦を予期していたのである。朝鮮において日本と清国が対等な権力を維持するとなれば、それを実現させるためには武力によって結果を出すしかなかった。

日本軍は鉄道の終点である広島県宇品港から、仁川《じんせん》まで海路四十余時間を要するので、六月五日に軍艦八重山に海兵と大島圭介朝鮮公使を乗艦出航させた。

大島公使はやむをえない事態に至るまでは交渉により清国と問題を解決せよという訓令を与えられていた。

宗光はこの訓令につぎの条項を追記した。

「情勢が急に切迫してきて、さらに本省へ訓令を要請する時間の余裕がないときは、自ら判断し臨機応変の措置をとるもよし」

大鳥は六月九日に仁川到着。第五師団が派遣した混成旅団約七千名の部隊があいついで上陸した。輜重《しちょう》、運送、通信装備、重火器の要員を含めると八千名に達する。

六月八日から清兵二千余名が漢城南方の牙山《アサン》に上陸してくると、朝鮮政府は彼らが漢城への進軍を中止するよう懇願した。清兵が漢城へ兵を進めると日本軍も入ってきて、どのような混乱がおこるか、見当もつかなかったのである。

全州城を占領している東学党は、いま解散すれば追討の兵は出さないという朝鮮政府の説得に応じ、開城していた。

漢城の情況もおだやかで、居留民保護に大部隊を進駐させることはない。四百名の日本海兵隊が仁川に上陸後、ただちに漢城に入ったので、各国外交機関に疑惑の眼をむけられている。

大鳥圭介は宗光に打電し、今後公使が許可するまで、軍隊を朝鮮へ送るのは欧米諸国の思惑《おもわく》もあり、わが国の立場が悪化するといってきた。宗光はのちに記している。

「外交と軍事の両面を同時に進行させるため、惨憺《さんたん》たる辛苦をかさねたことは、いま思いだしても鳥肌が立つばかりである」

日英間の条約改正交渉はいっこうに進展しなかった。英国は条約内容につき、些細な問題の説明を求めるばかりであった。

正式交渉が開かれたのは、日本側が再三督促したあげく、四月になってからである。そうなったのは英国総理グラッドストーンが引退したので、外相もかわり、交渉がすべてやりなおすことにされたためである。

新外相キンバレーは青木公使に最初から注文をくりかえしてくるうち、不満を口にするようになった。

「新条約の内容は日本の利得になるものばかりではないか。英国に譲り与えるものが、まったくないではないか」

青木は英国人への日本内地解放が英国の利得になると、これまでの意向を述べるが、キンバレーはひたすらおなじ言葉をくりかえすので、英国がいったい何を求めているのかとその真意を探ろうとした。

キンバレーは、日本国内の島に英国海軍基地を置きたいようであることが、わかってきた。それが不可能だとしても、仏・露両国に基地を与えないでほしいと望んでいるのである。

五月二日、青木公使はバーティ外務次官補に会い、内部事情を聞くと、バーティは隠さず彼らの考えるところを語った。

「ロシアとフランスには、日本を勢力下に置きたいという野心がある。いま日英が条約を結んだときは、両国は何らの利得を与えられることなく、同じ条約を締結するだろうか。

もし両国が強硬に基地、石炭貯蔵所などの設置を要求したときはどうするのか」

青木公使は即座に答えた。

「日本を威嚇《いかく》して不当な請求をしてくる国があれば、ロシア、フランス、その他の国のどれであろうと、私たちは日本全国を焦土と化しても戦うだろう」

青木はバーティに英国が懸念するような事はおこさないと確言するとともに、英国にも基地を設ける願望を封じる発言をした。

その後、六月二日に清国の朝鮮出兵の急報が届き、日本は六月五日に大本営を設置し、同日混成旅団を出兵させた。

清国と開戦すれば、日英条約を早急に締結しておかねばならない。青木公使のロンドンでの交渉はしだいに形をととのえてきた。英国が日本に要求するのは箱館港寄港、新条約の期限を十年以上とすることなどである。

箱館には英国船が年間に一隻か二隻が寄港する実情なので、税関の必要はないと青木公使は反対するが、英国は可能であれば根室への寄港をも望んだ。ロシアのシベリア鉄道が東方へ伸びてきているのを警戒して、日本に足場をふやしたいのであった。

この要望を日本が承知すれば、領事裁判権を日本にゆだね、税権の是正も争わないとのバーティの意向である。

宗光は青木に訓令を発した。

「一応は英国の条件を拒否せよ。先方が希望条件をひるがえさないときは、こちらが譲って交渉を成立させよ」

その結果、青木公使は七月十四日に条約調印をおこなうと十三日に打電してきた。

宗光は、朝鮮において日清が開戦しかねないきわどい情況のなかで、多忙をきわめ国家の安危にかかわる重要問題をあいついで決裁し、心労はなはだしい時間を送っていた。

宗光は青木の電信によろこび疲労を忘れたが、条約成立の吉報を待っていた七月十五日、青木公使から意外な電報が届いた。

「調印の支度は全部終えたが、英国外相が突然調印をことわってきた。そのわけは、日本が朝鮮政府に出向している英国人の海軍教官コールドウェルの解雇を求めたからであるという。

英国は翌十六日までにこの件についての日本側の返答を求めている」

宗光は激しい落胆のうちに考えをめぐらす。

彼は漢城にいる大鳥公使に諸外国への応対を慎重におこない、紛議をおこさないよう配慮せよと連絡していたが、英国は清国を通じて朝鮮と貿易をおこなっている事情もあり、今度の日清両国の交渉において、日本の行為をさまざま妨げている者もいる。

コールドウェルという教官も日本に不当な行動をとったので、大鳥公使が朝鮮政府に解任を要求したとも考えられるが、一教官の解任の結果、条約改正が不可能になるのを黙視できない。宗光は大鳥公使に事の真偽をただす時間の余裕がないので、ただちに青木公使に打電した。

「帝国政府は朝鮮政府にコールドウェル解任を求めたことはない」

そのうち大鳥公使から同様の事実を証する電報が着いた。宗光はロンドンの青木公使にただちにその内容を知らせる訓令を打電した。

「大鳥公使からの連絡によれば、漢城の英国総領事は清国代表の袁世凱に協力し、日本の動きを制圧しようとしているようである。

これが英国政府の意向によるものか、たしかめてもらいたい。条約調印はこれとは別問題であるから至急とりまとめてもらいたい」

宗光は条約改正があと一歩の距離に至って瓦解《がかい》したのではないかと、不安に駆られていたが、七月十七日の明けがた、外務省電信課長から寝室に青木公使の電信が着いた。

「今回の困難も排除したるうえ、条約は本日（七月十六日）調印を終れり。本使はここに謹んで祝詞を陛下に奉り、幷《あわ》せて内閣諸公にむかって賀意を表す」

宗光は斎戒沐浴《さいかいもくよく》したのち宮城に馬車を走らせ、天皇の御前に伺候して日英条約調印がおこなわれた旨を伏奏した。

宗光は青木公使につぎの電報を発した。

「天皇陛下は、貴官の成功を嘉し給えり。余はここに内閣の同僚を代表し、貴官に祝意を表す。貴官は英国外務大臣にむかい、新条約締結につき英国政府の好意を深謝すべし」

英国キンバレー外相は傲然と青木公使の伝える、日本の謝意に応えた。

「この条約成立は日本にとって、朝鮮で清国の大兵団を潰走させたよりもはるかに大きな意義がある」

英国は、清国の和平方針に共感しつつ、もし戦争がおこれば清国はかならず勝利すると推測していたが、しだいにその実力を疑うようになり、日本への対応を変えたのである。

日清戦争がおこったのは、ロシアがシベリア鉄道の建設を達成させたときは、極東進出を実行する疑念が濃くなったためである。

日本はそのまえに、利益線である朝鮮半島を勢力圏に収めておかねばならないというのが、明治二十三年に山県有朋が発表した「外交戦略論」の方針であった。

清国は明治十五年の壬午の変と十七年の甲申の変で、日本に苦杯を飲ませた。明治二十四年には北洋艦隊を横浜に入港させ、示威運動をした。

だが清国が気をゆるしている間に、日本は軍艦の数をふやし、清国に制圧されていた海軍力を逆転させていた。艦砲の装備、運転技術についても清国海軍をはるかに凌ぐようになった。

日本軍は仁川に集結しているが、漢城の南方牙山に上陸している清国軍二千余が同地に駐屯したまま行動しないので、事態を静観しているよりほかはなかった。

日本の軍隊は規律正しく、住民の生活を侵さず、外国人らは驚嘆の声を放った。だが漢城、仁川の間に七千余の軍隊が着陣していることを外国人たちは不審に思った。世情はすでに鎮静している。清国軍は牙山に滞在しているので、漢城の外国人たちの眼にふれることがすくない。

そのため日本が無理に朝鮮を動揺させ、好機をえらび朝鮮侵略をたくらんでいると見て、清国に同情するようになった。

大鳥公使は各国の批判を重視して、外務省にこのうえの軍隊派遣は控えたほうがいいと、意見を具申《ぐしん》してきた。

宗光はわが国は混成旅団派遣、大本営設営をおこない、もはや騎虎《きこ》のいきおいで派兵の兵数を減らすようなことはできないと考えていた。

清国は権謀術数《けんぼうじゅっすう》のうかがい知れない国で、最後に事態をどのように変化させるかわからない。現に朝鮮の兵力をふやすとの情報も伝わっている。

もし開戦となれば、勝敗の鍵は兵力の優劣にあるので、出動兵数の制限は日本の国運にかかわることになると、宗光は判断していた。漢城においては、大鳥公使と袁世凱は日清両国の相互撤兵交渉をすすめ、公文を交換する段階に至った。

公使館の杉村次席は、日本政府の首脳が混成旅団八千を派遣したのは、秘匿した意図があるのだろうと推測した。

彼は六月十六日、大島旅団長に会い、日本が朝鮮から清国勢力を一掃し、日本の生命線を確保するためには戦争をも辞さないという意向を聞いたので、漢城に帰り大鳥公使に公文の交換を中止させた。

宗光が『蹇蹇録』に書きとめた胸中を現代文でしるす。

「日本政府は最初は受動の立場にいても、まったく打つ手がなくなれば最後の手段をとることをためらわない覚悟があった。

清国は日本と朝鮮を声で威《おど》し、つぎに形（軍備、世界の批判）を見せるだけで事は解決すると考え、戦争をおこなわねばならないとの断乎とした決断を固めていなかったようである。

清国がそうであっただけではなく、朝鮮も清国を崇拝していたので、日本が清国に勝利できるはずはないと思いこみ、平壌陥落、黄海海戦まで、過ちに気づかなかった」

宗光と伊藤首相は清国軍と戦闘を開始するきっかけをつくるための口実を設けようと毎日協議した。ぐずついていると西欧の強大国から干渉をもちかけられる懸念がつよまってくる。

清国軍の駐屯地牙山は日本軍のいる仁川と離れているので、たがいの姿を見ることもない。東学党も鎮圧されたが、日清は油断なく対峙しており、外交交渉がまとまりたがいに撤兵できる見込みはなさそうだが、戦端をひらくほどの切迫した状況でもなかった。宗光は外交上の駆けひきによって日清の間を緊張させ交戦に持ちこまねばならないと焦った。

六月十四日の閣議で伊藤は朝鮮内政改革案を提示した。内容はつぎの三条である。

一、朝鮮の内乱を日清両国が協力して鎮圧する。
二、内乱鎮定ののち、朝鮮の内政を改革するため日清両国から常設委員を出張させ、行政と財政の改革を実施する。
三、自衛に必要な軍隊は組織する。

この改革案に清国政府は反対した。

「内乱はもはや鎮圧した。内政改革は内政干渉になるため、清国はそれに応じない」

清国の意見のほうが正しいので、日本はひきさがらざるをえなかった。

日本政府は漢城の公使館に次の指令を出した。現代文でしるす。

「朝鮮に関するわが提案に、清国政府は同意する様子がない。そのときは日本政府が満足し、公衆の感情をも満足させる結果を得られず、そうなってもいまの状況から後退するわけにはゆかない。

ついてはこの機会を利用して朝鮮政府に漢城と釜山《プサン》の間の電線の譲与、朝鮮内地において日本人の売買する商品に対する不法課税の廃止、防穀令《ぼうこくれい》の全廃を要求せよ」

日本政府は焦躁《しょうそう》を隠さなくなった。

難題だといわれる諸外国の非難をうけないかぎり、いかなる手段をとっても開戦の口実をつくらねばならなかった。

# 戦機

朝鮮における日本と清国の情勢が切迫してきたので、駐日清国公使汪鳳藻《おうほうそう》は本国北洋大臣李鴻章《りこうしょう》の訓令に従い、陸奥宗光と伊藤総理に足繁く通い面談して、日清両国軍隊の撤兵につき談判にきた。

その結果を六月十七日、李鴻章に電信で報告した。

「日本は兵を朝鮮に留めておいて、今後の処分を交渉しようと考えています。撤兵につき極力談判をしたところ、伊藤はこちらの意見に格別反対することもありませんが、陸奥外相はそんな迂遠《うえん》な手段では決着がつかないとまったくうけいれません。推察するところ、日本が清国へしきりに撤兵を提議するのは、日本の戦力をおそれているためだと判断し、強硬な交渉をつづけようとしているのです。

ついては清国はこの際大兵力を朝鮮に出動させ、日本が謀計をたくらむ余裕がなくなるよう、震えあがらせましょう。そのうえで朝鮮内乱が終ったのち、日本と撤兵の交渉をすれば、実戦によって血を見ることなく難局を終息させられるでしょう」

このような電文の暗号は、日本側ではすべて解読していた。

宗光はこの通信を読み、清国が日本と朝鮮を威圧するにはまず叱りつけて嚇《おど》し、それで効果がないときは大兵を派遣すれば、紛争はすべて収まると見ている事実を知った。

清国は日本が今後の形勢の次第によっては、決戦を辞さない覚悟をさだめていると、考えていなかったのである。

中国での紛争の方式は、まずたがいに大声疾呼《たいせいしっこ》して、わが主張が正当であると議論をする。どうしても闘争しなければならないことになれば、双方が兵を集める。兵数に差がつけば劣勢のほうが逃げ、紛争の決着がつく。清国政府は日本との談判が決裂し、戦争に至る場合もありうると考えておらず、大兵力を動かすだけで日本軍は朝鮮から引きあげると、希望的観測をしていただけであった。

このような政略はこれまでも世界の大国であった清国が、従来から慣用していたものであった。開戦をひかえた局面では甘きに過ぎるものであったが、それにより外交、軍事の両面で大失敗を招くことになったのは、北洋大臣李鴻章のみの責任とはいえなかった。

宗光は『蹇蹇録《けんけんろく》』に李鴻章についての観察を記している。現代文でしるす。

「李鴻章の清国政府における立場は、過去に赫々《かっかく》たる戦功のあったことと、才幹が朋輩よりはるかにぬきんでていたことで、その権威は何者も肩をならべることができないほどであった。

私が彼の資質につき簡単に解釈すれば、彼は豪胆な才人で非常な決断力をそなえているというよりは、むしろ怜悧《れいり》で機智をそなえ、事態の利害得失を判断して決断を下し、行動する才気をそなえているというべきである。

ただ彼はふだんから外国人に面会するとき、他の一般清国人が何事にも些細な礼式にこだわってきょろきょろするのとちがい常に細事をかえりみない。

無頓着でいいたいことをいい、ゆこうと思うところへ直進するような姿勢を見た欧米外国人のなかには、彼を見て世界でも稀有《けう》な一大人物であると、褒めすぎる者もいるようになった。

つまり彼の容貌が魁偉《かいい》で言行が奇抜であることは、しばしば世人から信服の念を寄せられる結果となる。またこのために彼にむかってひきさがらず、隙に乗じて打倒しようと願う強敵をつくることにもなった。

彼の軍功ははなばなしく、清朝では屈指の存在であるが、ほかにも国内の騒乱平定に名をあげた将軍は数多い。

彼は咸豊《かんぽう》元年（一八五一年）、秘密結社上帝会の洪秀全が広西省桂平県の金田村で挙兵し、南京を陥れ天京とあらため太平天国を建国したとき、曽国藩《そうこくはん》の属将として活躍した。

太平天国はキリスト教を信仰し土地私有を認めず、天朝田畝《てんちょうでんぽ》制度を公布し、清朝打倒を宣言し、辮髪《べんぱつ》を禁じ長髪をたくわえたので長髪賊といわれた。

彼らは同治三年（一八六四年）滅亡したが、李鴻章は上海に本拠を置いたので、同僚の曽国荃《そうこくせん》ら諸将にくらべ、作戦の利便にめぐまれ他にぬきんでた功績をたてることができた。

上海は外国人居留地で敵は攻撃を避けた。江蘇地方の富豪、士族が避難して集まっている。そのため彼らから軍資金を借用する便宜を得た。

また居留地の外国人らは自衛のために義勇兵を編成していたので、李鴻章は彼らを援軍として傘下に合流させることができたのみならず、英軍の勇将として高名なゴルドンの助力によって戦勝を重ねた。

李鴻章の過去はふしぎなまでの好運にめぐまれていた。曽国藩などは内乱がおこるたびに、もっとも難局にあたらされ、強敵を撃滅するためにさまざまの作戦をおこない、ようやく成功に至ろうとしたとき、北京政府で彼の悪評が湧きおこり、総司令の座を退かされる。

李鴻章がその後任に就くと、それまでの曽国藩の作戦が成功直前の段階に達していたので、李の指揮する軍団は連戦連勝する。

政府の高官たちは李鴻章の勝利を褒めたたえた。『やはり彼の技倆はたいしたものだ。曽国藩などを総司令にしていたから、争乱は長びいたのだ』と。

李鴻章は他人の手柄が自然にわが手柄となるような好運に好運をかさねるうち、政府にわが勢力をひろめる運動もおこたらずつづけていた。

彼は郷里の安徽《あんき》の精兵を天津に駐屯させ、北洋艦隊を増強し、ヨーロッパの戦術を勉強してきた青年将校を下僚として多く用い、国の内外の要地に配置した。

その権勢は北京政府をしのぐほどになったので、表面の事情しか知らない外国人らは、李を清国で他に類を見ない一大政治家と称したのも無理からぬことである」

宗光は、幸運の神に導かれているかのような李鴻章を嫉視《しっし》する宿将、老臣の大勢力が清国の各省にいて、李の行動の障害となっていること、このため彼が朝鮮へただちに大兵団を増派する必要があると建議をしたとき、北京政府内部の非戦論者が、反対した内紛の事情を知っていた。

朝鮮における日本側の外交面での提案を拒絶し、日本との旧交をかえりみずロシア公使と謀議をおこない、今年は皇太后（西太后）還暦大典をおこなう年であるのもわきまえず、不祥な戦争をおこそうとしたことを弾劾《だんがい》する者が多かった。

宗光は李鴻章が非戦論者に妨げられ、朝鮮に大兵団を送る計画が遅延している事情を知っているので、いまのうちに清国と戦端をひらけば勝利を手中にできると推測していた。

漢城では外国人の日本軍に対する反感がつよまり、英国総領事が妻とともに散歩をするとき、わざと日本兵営の哨兵線内に入りこみ、番兵が誰何《すいか》したのを無礼な行為として争議をしかける事件がおこった。

また英国東洋艦隊の艦艇は、常時日本艦隊の出動するあとを追跡し偵察して、その情報を清国側に知らせていた。

司令長官フリーマントルは夜明け前に洋上で日本艦隊と出会ったとき、わざと祝砲を発射して、清国艦隊にこちらの位置を通報しようとした。

日本政府は英国がもちかけた日清紛争調停を七月十二日にことわった。そのあと朝鮮駐在清国代表袁世凱が突然帰国した。

大鳥公使はそのあとで宗光の訓令に従い朝鮮政府に内政改革案を提示し、それをうけいれるまえに日本の撤兵を求める回答をうけた。

さらに同月二十日、大鳥公使は朝鮮政府と清国との宗属《そうぞく》についてのすべての関係を断つよう交渉し、回答が確認できなかったので、二十二日に今後事態の推移によっては兵力を使用することもあると告げた。

大鳥公使は混成旅団長大島義昌少将と連絡をとり、二十三日に日本軍二個大隊を漢城にむかわせ、景福宮の朝鮮兵を追放したのち、雲峴宮《うんけんきゅう》にいた国王の父大院君を景福宮にむかえ、親日新政府を成立させた。

日本と清国が戦端をひらく直前の明治二十七年五月、北洋艦隊編成六周年記念の観艦式がおこなわれた。このとき李鴻章は提督丁汝昌《ていじょしょう》とともに出席した。

李は、北京政府にこのときの海軍の威容をほめたたえる報告書を提出したが、末尾に日本がとるにたらない小国であるが、国費から資金を捻出し、毎年軍艦を西欧から購入していること、それにひきかえ清国は北洋艦隊編成ののち、今日まで一艦も加えることがないので、将来国難がおこるのではないかと、内心の不安を述べている。

観艦式に出席していた英国人が李鴻章に忠告した。

「この艦隊では日本海軍と戦い勝利を得られない。快速艦を二隻、早急に購入しなければならない現状だ」

李鴻章は、英国人の指摘する艦隊の欠点をよく知っていた。

「清国が軍艦を買いいれていた七、八年前までは十五ノットから十八ノットで航行できるものは、快速艦といわれたが、近頃では二十ノット以上の速力が出るものが多い。日本は最近では毎年新造軍艦を買っており、二十三ノット以上を出す巡洋艦も持っている。海上で砲撃戦をおこなえば、快速艦のほうがきわめて有利である」

李鴻章のこの発言は、北洋艦隊提督丁汝昌が、日本の軍艦、汽船が朝鮮西海岸の海洋をしきりに往来しているのに、全艦隊を動かさないのは無能であると政府首脳から責められたときの弁護であった。彼はいった。

「快速の日本艦隊と雌雄を決する海戦をおこなうのは、きわめて危険である。それよりも威海衛《いかいえい》と旅順付近を巡航して、敵を誘いこむ態勢をとっておれば、日本側も定遠、鎮遠の装甲艦に巨砲を怖れて近寄らないので、危険な行動をつつしんでいるのである。丁汝昌は私の指示に従っているのみだ」

李鴻章は英国勢の快速巡洋艦二隻を購入しようとしたが、西太后還暦の祝宴を催す頤和園《いわえん》という大庭園建設のため、海軍経費のうちから三千万両《テール》を流用されたため、目的を達せられなかった。

二隻の快速巡洋艦のうち一隻は、日本が購入して「吉野」と命名され、日本艦隊の主力となった。

吉野はその頃世界最高の二十四ノットの高速運転ができるうえに、清国艦隊のそなえていない新型連射砲十二門を装備していた。

もし清国がそれを購入しておれば、日本は海戦に惨敗を喫していたかも知れない。

頤和園はいま人民公園となり、北京をおとずれる観光客を集めている。公園の池のなかに大理石で造った船の形の亭《ちん》があり、それは西太后が頤和園建設費に海軍経費を流用したことに不満であった海軍将領を慰撫《いぶ》するため、この亭をつくり、提督らのために酒宴をひらいたという、腐敗しきった清国政府の内容をうかがわせる、証拠のひとつである。

日本は乏しい国費のなかから全力をふりしぼって、明治十九年から三年間にわたり、建艦公債千七百万円を発行し、「松島」「厳島」「橋立」の三景艦をそろえた。天皇はさらに明治二十三年から六年間、軍艦購入のため内廷費三十万円を御下賜されることに決められた。

このため全国に建艦寄付金活動がひろがり、官吏も月給の一割を寄付し、それを基金として政府は「吉野」を購入した。

西太后に流用された海軍経費三千万両は、約四千五百万円に相当する。貧寒たる財政の日本が、清国と対戦しうる艦隊を必死の努力でつくりだしたのは、戦争に勝てば日清の勢力関係が逆転すると知っていたからである。

明治二十七年七月二十五日午前七時、朝鮮豊島沖で連合艦隊の第一遊撃隊吉野、秋津洲《あきつしま》、浪速《なにわ》の三艦が佐世保軍港から仁川《じんせん》へむかう途中、清国軍艦済遠、広乙、操江と遭遇し、砲撃戦がはじまった。

海上には硝煙、煤煙が朝靄《もや》のうちに立ちこめ、戦況はまったくわからなかったが、晴れると済遠は被弾敗走し、広乙は座礁して動かず、操江は日本艦隊に捕獲されていた。

午前九時頃になって浪速が済遠を追跡するうち、ショパイオル島付近で清国軍隊を搭乗させ、英国旗を掲げた運送船高陞号《こうしょうごう》を発見した。

浪速は交戦者の権利によって運送船を捜査し、場合によってはいかなる強制手段を実施することもできる。浪速はまず信号によって停船を命じた。

高陞号の船長はただちに停船し、浪速からの信号の通り動こうとしたが、上船している清国将官が船長を取りおさえ、浪速の命令に服従させまいとした。

浪速は二回までボートで高陞号に乗りこみ、船長にこちらの命令に従うようすすめたが、清国将官らは反対する。浪速艦長は英国旗を掲げた高陞号の取扱いに四時間をついやした。

同船は英国船籍に属し、印度支那汽船会社が所有するものである。同船には清国の砲兵、歩兵千百人が乗船しており、多数の大砲弾薬を搭載している。

同船は清国政府の雇船として大沽《タークー》から清国軍兵千百人とドイツ人フォン・ハンネッケンを搭乗させ、朝鮮国牙山《アサン》に揚陸させる命令をうけていた。

船長のいうところでは清国軍隊の運送船八隻が、それぞれ封書命令を受け大沽を出発したという。高陞号も封書命令を持っていたにちがいない。

船長は同船は清国政府が雇用して、航海中に開戦となったときは、ただちに同船から退去するとの契約をかわしていたことをうちあけた。

浪速艦長東郷平八郎は交戦者の国際法上の権利にもとづく行為として、高陞号撃沈の信号を掲げ、艦内のヨーロッパ人をすべて退去させたのち砲撃をはじめ、沈没させたのは午後零時四十分であった。

英国外務大臣は八月三日、英国駐在青木公使につぎの内容の公文書を送ってきた。

「英国運送船の事件において、日本海軍将校の処置により生じた英国臣民の生命、財産の損害に対しては、日本政府が責任をとるべきだと思っている。

この事件についての詳しい連絡をうけ、英国政府の意見が確定したときは、ただちに再度お問いあわせをします」

宗光は高陞号撃沈の通報をうけると、ただちに東京駐在英国臨時代理公使を招き、この悲しむべき事件について充分に詳細を調査して、もしわが帝国軍艦の処置に誤るところがあれば貴国政府に相当の補償をすると述べた。

英国公使は宗光の意向をただちに本国政府へ通報した。

まもなく高陞号に乗船し、軍艦浪速に救出された船長以下の外国人が佐世保鎮守府に到着したため、七月二十九日に法制局長官末松謙澄が鎮守府に派遣され、事実取調べをおこなった。

その結果、浪速艦長のとった処置はなんら国際法に抵触するところがないことが判明した。

英国の各新聞は、日本海軍が大ブリテン国の国旗に侮辱を与えたのだから、相当の謝罪をさせるべきだ。また日本海軍の行為は戦争がまだはじまらないうちに、おこした暴行であるから、日本政府は沈没船の所有者、この事変により生命、財産を失った英国臣民にしかるべき賠償をすべきであるという記事を掲載した。

だが英国国際公法学の大家ホルランドとウエストレーキの両博士は、浪速艦の行為が正当であると論じた。ホルランドはいう。

「浪速が水雷を発射するまえ、高陞号は交戦国の一方のため運送をおこなう中立国の船で、船長以下の乗組員もこのことを知っていた。

イギリスの国旗を掲げたことは、この事件にはまったく関係がない」

高陞号の立場にあれば、つぎの二つの義務があると論じる。

「第一に高陞号は日本軍艦に要求されたときは、停止して臨検をうけ、日本の捕獲審検所で審検をうけるために、送致されないわけにはゆかない。

今度の事件のように、日本艦の士官が捕獲のため高陞号船内に進入できなかった場合、日本の艦長が高陞号をわが命令に服従させるために撃沈したことは当然である」

ホルランドはさらに第二の義務をあげた。

「第二には朝鮮に在陣している清国軍に援兵を送るための運送船として、高陞号はあきらかに日本軍に敵対行動をとっているものである。日本軍は全力をふるって同船の動きをおさえ、目的を達する権利がある。

敵国の軍隊を運送する中立国の船を拿捕《だほ》し、敵対行動を阻止するための日本軍艦が用いた強制力は不当ではない。また救助された船長以下の乗組員も、適当な扱いをうけ放免されたので、中立国の権利を侵害されたとはいえない。

このため英国政府は日本に謝罪を求める理由はなく、高陞号の所有者、この事件において死亡したヨーロッパ人の親族も、賠償を求める権利はない」

この結果、英国外相キンバレー伯爵は、高陞号の所有者である印度支那会社に、日本政府へ賠償を求めてはいけないと勧告した。

日本海軍の行動は戦時国際法の規定に背くものではなかったことが世界に知れわたり、非常に名誉というべきであると、宗光は『蹇蹇録』に述べている。

仁川の日本軍は、朝鮮政府に清兵撤退の要請書を出させ、牙山へ前進をはじめた。清軍は牙山から要害の地である成歓《せいかん》に移動し布陣する。

清兵は二千四百、砲八門。日本軍は大島混成旅団四千五百と砲八門であった。七月二十九日夜、日本軍は夜になって敵陣に近づき、夜明けとともに突撃した。

清国軍は果敢に迎撃したが、約一時間半の戦闘で、退路を断たれる前に陣地を棄て逃亡した。日本軍は漢城に入った。

八月一日、日本は清国に対し宣戦の詔勅を発した。前日、清国総理衙門《がもん》(役所)が小村代理公使に国交断絶を告示していた。

宗光はただちに閣議で提案した。

「第三国を局外中立せしめ、不当な行動をとらせないため、宣戦の詔勅は必要であります」

閣議決定は即座におこなわれ、上奏裁可をうけたのち公布した。国際法に違反しないかぎり、一切の手段をつくせという きびしい文言が記されていた。

宗光は『蹇蹇録』に豊島沖海戦後の朝鮮への施策について記している。現代文でしるす。

「事変後の朝鮮は、壊れかけた家が疾風大雨に遭ったのち、天気は快晴となったが、家のなかは散乱混雑をきわめているような有様で、今後どうして国家の独立を確固たるものとし、内政改革をおこなうべきかは、朝鮮政府には何の定見もなく、日本政府が助力しようとしても、どのように着手すべきかわからない有様である。

しかしわが政府はすでに朝鮮を独立させ内政改革をおこなうため、清国と交戦することを、世界諸国に通報した。

わが政府がまずおこなうべき急務は、朝鮮政府が独立国であることを内外へ表明させ、内政改革の実施をわが国に対しおこなうことを確約させることである」

政府は宗光の提言によって朝鮮政府との間に、八月二十日付で暫定合同条款という条約をむすび、同月二十六日付で清国に対する攻守同盟をむすぶとともに、朝鮮が独立国であることを表明した。

暫定合同条款では、朝鮮政府は日本の勧告をうけ、つぎの内政改革をする。漢城、釜山と漢城、仁川の間に鉄道を建設するが、財政面での補助は日本側で時機を見はからい施工する。

両国間の貿易を隆盛ならしめるために全羅道で一カ所の通商港をひらくなど、実施すべき事柄を列挙した。

また攻守同盟は、清兵を朝鮮国境外に撤退させ、朝鮮国の自主独立の立場を強固として、日朝両国の利益を増進すると規定する。

日本は清国との戦争をおこない、朝鮮は日本軍の行動、糧食準備の協力をする。この同盟は清国との講和条約成立ののちに廃棄するなどの条項を列挙した。

宗光は朝鮮政府の官僚はもとより民衆も日本が清国と戦い、最後には戦力の差によって敗北するだろうと推測しているのを知っていた。大院君は部下をひそかに平壌に布陣する清軍の司令官に会わせ、しばしば金品を贈り、清軍勝利のときに罰せられることのない手配りをしていたのである。

九月に大本営は宮中から広島へ移された。鉄道が東京から広島まで開通しており、天皇は広島の第五師団司令部に入られた。

清国軍は大沽、山海関《サンカイカン》から平壌に集結し、二万を超える兵力で、朝鮮北部を制圧した。

平壌を攻撃する第一軍は第五師団、第三師団の一万五千人である。全軍を率いるのは第五師団長野津中将であった。

朝鮮へ向かうには宇品《うじな》から下関を経て仁川港に上陸するのが、もっとも早い順路である。だが海軍は清国北洋艦隊が勢力を温存しているとき、多数の輸送船を軍艦に警護させ、仁川へ直航させるのはきわめて危険で、海軍は護送の責任を負えないといった。

このため日本第一軍は釜山に上陸して北進することとなった。第三師団別動支隊は元山《げんざん》に上陸して、咸鏡道を平壌へむかった。

九月十五日朝、日本軍は平壌を攻撃した。南方正面の陣地にいる清国部隊は猛然と戦い、日本軍の猛攻をくいとめていたが、北方と西方に日本部隊が展開し、包囲したのを知った彼らはたちまち戦意を失った。

午後四時に陣地に白旗を立て北へむかい潰走《かいそう》した彼らは、わずか数時間を持ちこたえたばかりであった。日本軍はほとんど損害をうけることなく九月十六日朝、平壌へ入城した。大本営は捷報《しょうほう》をうけ、朝鮮へ陸軍を増派するため、海軍に清国艦隊と海戦して撃破せよと命じた。

連合艦隊は旗艦松島以下十二隻、総トン数三万六千七百トンが出動し、旅順、威海衛と海上を捜索するうち、黄海で輸送船団を護送する北洋艦隊十四隻三万四千四百トンと遭遇した。

敵の主力艦定遠、鎮遠は十二インチ砲四門ずつ装備していた。日本艦隊の大口径砲は、松島、厳島、橋立の三景船が十二・五インチ砲一門ずつ搭載していたのみである。これは実射すると小さな艦体が震動し故障が続発するので、黄海海戦ではほとんど使用できなかった。

両艦体の距離が六千メートルに接近したとき、定遠は吉野に初弾を発射し、つづいて五十発の砲弾が吉野を目標に放たれ、水煙をあげた。

清国艦隊はこれだけ猛射を浴びせれば、日本艦隊がただちに退却すると見ていたが、相手は全速力で接近してきたのであてがはずれた。

吉野は敵に近づくと六インチと四インチ速射砲を撃ちまくった。もし吉野が清国に購入されていたときは、日本海軍は北洋艦隊に襲いかかれないまま、退却しなければ大敗北を喫して、朝鮮への兵力増派の道も断たれ、福岡、山口の海岸が艦砲射撃にさらされたかも知れない。

日本艦隊は四時間余の砲撃、水雷攻撃によって北洋艦隊の経遠、致遠、超勇を撃沈、揚威を焼き、定遠、鎮遠、済遠を大破させた。

壊滅寸前の大打撃をうけた北洋艦隊は、日没前に旅順港へ退却していった。連合艦隊も敵の砲撃によりかなりの損傷をうけたが、一艦も沈没することなく、敵を圧倒して黄海の制海権を手中にした。

日本陸軍が一日で平壌を占領し、海軍が黄海海戦で大勝した報道は世界を揺るがした。

在英の内田代理公使は、宗光のもとへ電報で知らせてきた。

「本官は英国上流社会の人々から日本戦勝の祝辞をうけました。各新聞は日本の勝利を褒めたたえ満足しています。その重立《おもだ》ったものをあげると『タイムス』は日本の戦功は勝者としての賞讃に値するもので、東方の一個の活動勢力と認めざるをえない。英国人は日本と利害を共にし、いずれは密接に協力すべきで、新興日本の人民に嫉妬心をむけてはいけないといいます。

『パルマル・ガゼット』は英国はかつて日本を教導した。いまは日本が英国を教導すべき時期がきたと賞讃します。『デーリー・テレグラフ』は日清両国の講和を進めるよう説得し、日本は清国が講和条件を実行するまで、台湾を占領すべきだと記しています。

英国人が日本にむけていた悪感情が、いまになって豹変したのです」

内田代理公使はフランス人の感情を報知した新聞記事を知らせた。

「花や木のある家の門前には、人々が群れ集うものだ。日本は清国と戦い勝利を得た結果、ヨーロッパに対して一層偉大な勝利を得たといえよう。

今後日本は独立して何事も専行できることになる。望むがままに敵国の土地を奪い、支配できる。つまり、世界の強力国家と同じ行動をとれるのである。

欧州諸強国はそれに対し、いささかも干渉する手段はない」

宗光は日本が極東で強国として台頭してくることを彼らが危険と見て、干渉の機会をうかがっている真意を知っている。

日本が世界の強国として、植民地侵略に乗りだしてゆけば、欧州諸強国の得べき餌が横取りされるからであった。

日本軍の猛攻は続いていた。第一軍は平壌から北進して鴨緑江《おうりょくこう》を渡河し、十月二十六日に清国の九連城を占領した。

この前後、遼東半島南岸の花園口《かえんこう》に、日本輸送船団が到着し、第二軍の将兵を上陸させた。大山巌陸軍大将を司令官とする第二軍は、金州、大連を占領し、旅順口を十一月二十一日に陥落させた。

旅順口は北洋艦隊の根拠地で、清国は堅固な防備を固め、弾薬、食糧の備えも多い。完全に包囲攻撃をうけても、三年間はもちこたえると李鴻章は公言していた。

だが第二軍が包囲を終え、十一月二十一日に攻撃をはじめると、清兵はなだれをうって海路をとり、西海岸を北方へむかい逃走し、遺棄屍体もほとんど見当たらないほどの微弱な抵抗をみせるにとどまった。

第二軍は渤海南岸の山東半島に移動し、北洋水師本営のある威海衛を攻撃した。威海衛周辺の高地には陸軍砲台がつらなっていた。

丁汝昌提督は、陸軍がどこまで日本軍の攻撃をくいとめられるか危ぶみ、砲台を水兵で守備させてほしいと要請したが、ことわられた。丁汝昌はやむをえず敵に利用されないよう、砲台の大砲を破壊してほしいと頼んだが、陸軍側は怒ってことわった。

明治二十八年二月二十一日に戦闘がはじまると、その日のうちに日本軍は威海衛を占領した。

清国軍が日本軍と戦って敗北を重ねたのは、鉄砲射撃の損害をすくなくするため、兵を散開させると皆逃亡してしまうことと、突貫攻撃ができなかったことにあるといわれる。

清兵は戦死するより逃亡兵になるのを選ぶ者が多かった。国家のために身をなげうつという愛国心が乏しかったのである。

# 外交の行方

　明治二十八年二月二十二日に、日本軍に威海衛を占領された北洋水師提督丁汝昌は降伏し、部下の助命を願ったのち、服毒自殺した。日本軍の従軍記者国木田独歩《くにきだどっぽ》は、つぎのように戦勝のよろこびを報じた。

「ああ丁汝昌は死せり。彼は国のために殉じたり。すでに丁汝昌死す。北洋艦隊は全滅したるなり。威海衛は陥落したるなり。開戦今日に至るまで、敵の財亡滅尽その数を知らず。しかも支那北洋艦隊はもっとも見事なる最後を遂げたるなり」

日本国民は陸海両軍がそれぞれの戦場で大勝利を得たため、清国の戦力をおそれていた気分が一変し、前途の大勝をまったく疑わず、北京占領がいつになるのかを予想するのみであった。

　至るところの路上では、国民が歓声をあげ、泥酔したかのように敵を叩きつぶせという声ばかり沸きあがる。そのような風潮に流されず早期の和睦をとなえる者は、卑怯未練で愛国心を持たないと罵られるので、沈黙せざるをえなかった。

このような騒ぎを見る外国の反応はさまざまであった。ある国は日本の戦勝を讃嘆し、おだてあげるような言動で、浮かれている国民に火に油をそそぐようなふるまいをする。またある国は日本の威勢に嫉妬して、時局の変化をはかり好機を待って日本に打撃を与えようとしている。

ドイツ外務大臣は青木駐独公使に告げた。

「世界は決して日本の希望と命令で動くようなものじゃないよ」

その言葉を聞いた陸奥宗光は、外国の官民の日本に対する感情を敏感に察知した。

白人は日本人が欧米諸国に対し、まったく謙譲の態度をあらわすことなく、世界に独立独行して、いかなる希望も達成し、いかなる要求も通せると思いこんでいるかのような、驕慢の態度を露骨にあらわしたように見ているのである。

宗光は『蹇《けん》蹇《けん》録《ろく》』に述べている。現代文でしるす。

「戦勝の結果、内外列国に対しおおいにわが国の実力評価を高騰させた。欧州諸国はわが国を彼らの文明に追いつこうとうわべだけを模倣していると冷評していた。

それが理解をあらため、日本国はもはや極東における山水美麗の一大公園であるばかりではなく、世界における一大勢力と認められるようになった。

ついに英国の高名な学者が、極東における大戦争の結果は、実に一帝国の名誉を発揮するとともに、一帝国の名声を堕落させたと感嘆した。

いまやわが国は西欧列国から尊敬される立場となったが、同時に嫉妬の目的となったのである。

わが国は名誉が進展すると同時に責任もまた増加した。内外の形勢がこのようになると、諸国とたがいに衝突せざるをえなくなってくる。

この場合国際調停をして、双方が納得しあい歩み寄ることは、決してたやすいことではない。

その理由は、わが国民は何事においても往々主観的判断のみによって熱情を奔騰《ほんとう》させ、まったく客観的考察をうけいれない。ただただ国内の風潮のみを重んじ、外国の事情をかえりみず、いったん前進すれば足をとどめることを知らない。

海外強国が日本に示す態度は、内心ではそれぞれおのずから好悪愛憎の別があっても、日本が急速に勢力を伸展するのを危険視して、常にその動きをおさえようとする傾向は一致している。

この反応は、電気におけるプラスとマイナス両極、数学における正負両数を一致させるようなもので、あれこれを相殺《そうさい》すればどれもともにゼロに陥り、両失あって一得のない結果に陥るおそれがある」

宗光は列強諸国が讃嘆と排斥の二つの波を寄せてくる前に、国民の敵愾心《てきがいしん》が旺盛なうちに、できるだけ戦局を進展させ国民を満足させたうえで、海外の情勢に対応しなければならないと考えていた。将来の国家の安危に対し、外交政策を一転させ和睦策を用いるのである。

外国がいろいろ口出しをしてくるまえにわが軍が迅速に行動しておくことが肝要である。そうすることが和睦談判の段階で、交渉に余裕をもって臨むことができると、伊藤博文総理に今後の方針について語っていた。

日本国民は弱体な朝鮮政府の宗主国として、その国益をほしいままにむさぼってきた清国と戦うのは、西欧人が考える欲の戦いではなく、弱者を助ける義戦《ぎせん》であると考えていた。

宗光は義戦などは物事を浅く理解しようとする俗論にすぎないという。

「朝鮮の政治改革は、義侠心《ぎきょうしん》でわが国が援助する必要のないものだ。援助はわが国の利益を確保する範囲にとどめ、朝鮮の犠牲となることはない。

朝鮮改革は日本と清国の歪められた国交関係を是正するために考案した政策であったが、わが国の世論が清国に対抗すると協同一致したのは、国の内外に対して威信を発揮するためのきわめていい機会である」

宗光はこの好機を生かし、暗雲垂れこめた空に豪雨を降らすか、快晴を招くかの風雨計とするつもりであるとの冷静な現実認識を失わず、日本国権拡張の機会を見逃してはならないと考えていた。

日本の資本主義発展にそなえ、海外列強が進出してくる前に、朝鮮の資源を手に入れておく方針は、宗光が伊藤らと決めたものであったが、わが国の資本家たちはまだ現地の鉄道敷設、電信架設などの新規事業に積極的に乗りだそうとはしなかった。

日本陸軍は李鴻章がどのような大軍に攻められても、三年間は陥落しないといっていた旅順口《りょじゅんこう》を、わずか一日で占領したので、遼東半島に清国攻撃作戦根拠地を早くも獲得できた。

日本軍は遼東半島の占領が意外に迅速に終わったので、翌年春に渤海湾の結氷が融けた頃、大兵団を旅順口付近に上陸させ、北京、天津など大都市のある直隷《ちょくれい》平野に入り、清国軍と大決戦をおこなう予定の日取りを変えねばならなくなった。

山県有朋はすでに北上して満州東南の鳳凰《ほうおう》城へ進出した。明治二十七年十月三十日である。結氷期まで一カ月があるので、山県は大本営に献策した。

「海路をとり直隷平野に進出するか、陸路をとり奉天《ほうてん》攻撃を実施するか、ご命令下さい」

大本営は進出を強行しても兵站線《へいたんせん》が保てないと見て返答をしない。

山県は戦場に出ると、進攻を急ぐ猪武者の性向をあらわす人物であったので、旅順口が陥落したとの報告をうけると、ただちに遼東半島の海城攻撃を大本営の許可なくはじめた。

厳寒期の行軍で凍傷者がおびただしくふえ、多数の馬が動けなくなって死ぬ。桂太郎の指揮する第三師団は、戦えば追われる蝿《はえ》のように逃げる敵軍を攻撃しつつ、海城に入城したが、降雪のなかから数万の清兵があらわれ、城外を包囲した。

城にたてこもっていると、弾薬、食糧、薪が不足してくる。鳳凰城の第一軍本部へ援兵を乞うが、海城と同様に敵の大軍にとり囲まれているので、援軍を動かす余裕がなかった。

第三師団の伝令は、遼東半島の第二軍に駆けいり救援を懇願した。第二軍は広大な戦線を支えていたが、乃木旅団が海城に救援に出向き、南方の補給路を確保した。

桂師団は明治二十八年二月まで、二カ月間に数万の清国軍の五回にわたる猛攻を撃退して、ようやく危地を脱した。

山県は十二月上旬に病気療養を命ぜられ、帰国を命じられた。大本営が山県の大局を見誤りかねない独走をおさえるため、伊藤総理を通じ彼を召喚する詔勅を乞うたのである。

山県は勅使派遣を知らされると、有栖川宮熾仁親王に、病気は快方にむかっている。これから海城攻撃にむかうと電報をうち、鳳凰城を出たが、行軍の途中で詔勅をうけ、帰国せざるをえなくなった。

威海衛攻略のあと、日本軍は大兵力をもって直隷平野で、清国軍と会戦する準備をととのえた。第一軍は第三師団と第五師団。遼東半島に集結する第二軍は、明治二十七年十月に第一師団、翌年一月に第二、第六師団が海路到着。さらに二月末頃には近衛師団、第四師団が大連に上陸した。

直隷守備におもむく清国軍は二十万といわれていたが、実戦に耐えうる戦力をそなえているのは、北洋陸軍と奉天練軍をあわせた三万五千ほどであるとの情報を、日本軍は得ていた。

日本艦隊が渤海湾を制圧しているので、七個師団の日本軍は変化に満ちた作戦行動をとれる。会戦がはじまれば清国はたちまち陣形を崩されると見られていた。北京陥落は目前であった。

海城に布陣していた第一軍は、二月末に海城から出撃して鞍山《アンシャン》、牛荘《ニューチャン》を占領した。

伊藤総理と宗光は欧米列強の干渉が、かならずくるのを予期しながら、それまでにできるだけ大きな戦果をあげておこうと、作戦を進めてきた。

豹が必死のはたらきで倒した巨大な鹿を食うまえに、虎か獅子があらわれたときは、命を保つために獲物を捨て逃げねばならない。

強力な国家が小国家の利益を横取りしようとするのは、戦力によらねば存在できない帝国主義の社会では、めずらしくもない常識といえた。

日本は幕府が終末の衰運に至ったとき、欧米各国ととりかわした不平等条約に長く苦しめられてきた。

もっとも弊害のはなはだしかったのは、治外法権といわれる領事裁判権であった。欧米キリスト教国が東方の諸国を支配するために用いた制度である。宗光は『蹇蹇録』に恐怖すべき実態を述べている。

治外法権はAという強国の主権と法律の効力が、その支配下に置くBという弱国においても通用し、B国に滞在するA国民の権利義務をも包括することである。

A・B両国の国際関係は、まったく対等の観念を認めることがないので、国際公法の法規を適用することはない。治外法権制度のもとで保護されるA国民は、B国にいるときも自国にいるときと同様の行動をとることを保障される。

かつて日本政府の顧問であったピゴットは、英国女王が外国で執行する裁判管轄権は皇室世襲の権利ではなく、国会から与えられた権利でもない。ある外国の帝王から譲られ特許された権利に過ぎないという。

この権利は条約によって保障されているので、女王の外国においての裁判権は条約内容を見なければわからない。

完全無欠の治外法権は保護国でない独立国領内ではおこなわれた例はないと、ピゴットは主張する。英国女王が東方の諸国に在留する英国民を統治する権力は、その国の王の恩恵によるものか、英国の兵力によって強奪したものであるのか、英国王室の大権によるものではないとすれば、その国の王より委託された権利を執行しているのみであると、ピゴットは説明した。

宗光は英国が戦力によって属国とした、東方の非キリスト教国の法律制度を信用できないとして、かならず同国に居留する自国人民のため、領事裁判を施行するとの約款を設けた条約を締結すると指摘する。

領事裁判権を獲得するのは、相手の領土のなかに小植民地を設けるような結果を招く。領事裁判を実行しはじめると、英国に有利で相手国に不利な正解とはいえない判例が続出する。

日本は明治二十七年七月十六日に英国と日英通商航海条約二十二カ条の締結を終え、領事裁判権廃止が決定していたが、他の強国との間には不平等条約が存在しており、清国との戦争において、一歩を誤れば彼らの牽強付会《けんきょうふかい》の裁判判例を楯に、どのような難題を持ちだされるかわからない。

宗光は当時の情況を明快な口調で語った。

「清国と砲火を交えている最中に、さらに強大な第三国と複雑な争論をひきおこすのは、岩礁が四方にむらがる大河の急流のなかを船の楫《かじ》をとる船頭が、必死に働いても万一の成功を祈るしかないようなものである」

強大な欧米諸国が弱体な東方諸国との交易をおこなうとの理由で条約を結び、実態では相手国を属国、保護領として収奪をほしいままにするまでの手段の表裏を、宗光は知りつくしていた。

そのため威海衛陥落のとき、わが海軍が沈没を免れた清国軍艦を戦利品として収容したが、艦内で運転、砲撃の任務につき、はたらいていた多数の欧米人には、国際公法の規定に従い軍事処分をおこなった。

これに対し欧米諸国が領事裁判制度を持ちだし、争論をはじめた事例は稀《ま》れであった。それは日本が軍事力を伸長してきたため、治外法権の議論をするのをはばかったためであった。

宗光は、日清の戦争が十年早くおこっておれば、現在のような自由な軍事行動はとれず、領事裁判権にもとづく重大な交流をあいついで受けていたであろうという。

清国では連戦連敗の結果、日本軍が北京、天津攻撃の態勢をあらわしてくるに至って、李鴻章がいかなる代償を差しだしても、至急に平和を買い戻さねばならないと決心していた。

だが宗光のもとには清国に潜入させている密偵から情報が入ってくる。清国政府部内では虚勢を張り、面子《メンツ》を重んじる、時代の変化に鈍感な者が大勢いて、和睦に反対し、あるいは反対しないまでも、講和条件として日本が到底うけいれられない内容を主張する。

「日本が講和を望むのであれば、償金はいくらでも支払うが、領土の割譲を要求してきたときは戦争を継続せよ。

清国皇帝は先祖が血を流してかちとった領土を外国に与える権利を持っていない」

李鴻章らは、日本がどのような条件を出せば講和を認めるのか、目途を探索するため欧米諸国に協力を嘆願して、仲裁を得ようとしていた。

明治二十七年十一月十二日、ドイツ駐在青木公使から宗光に電報が届いた。現代文でしるす。

「私がドイツ外務大臣に内密に聞いたところでは、本日当国駐在清国公使がおとずれ、日清の戦争につき仲裁を要請したとのことです。外相が、清国はいかなる条件で講和を求めるつもりかとたずねたところ、公使は朝鮮の独立を認め、軍費を償還することで結着をつけたいと答えました。

ドイツ外相が、いまや日本軍は連戦連勝の有利な立場にいるので、その二件だけでは講和に応じないだろうというと、清国公使はそれならどのような条件を提示すればいいだろうかと尋ねました。

外相は、それは私が答えられるものではない。清国が直接に日本政府にむかい、返答を求めるべきだといったそうです」

清国公使がドイツ外相に示した講和二条件は、平壌が陥落し、北洋艦隊が撃破されて間もない十月八日に、在日英国公使からもたらされたものと同様であった。

英国は大海軍によって世界を制圧する、最強の帝国である。中国に対しては最大の利権を持っており、外国で紛争がおこればかならず武力を背景に仲裁に乗りだしてくる。

紛争をおこしている国家は英国の実力を無視できないので、実情をうちあける。日本も英国の提案を拒絶できなかった。

宗光は伊藤総理と相談した。

「このたびの調停は、英国が最後の決定として伝えようとするものではなく、日本が講和条件をどのように考慮しているかを探ろうとしているもののようです。

しかしいずれは欧米諸国から調停をすすめてくることを考え、甲、乙、丙の三案をまとめてみました」

甲乙二案は朝鮮独立を認め、軍備償還の二件と清国との通商は欧米列強と同様の不平等条約にするという内容が共通しているが、領土問題については異なる。

甲案は領土条項において、清国が朝鮮内政に永久にかかわらない保障として、旅順、大連の割譲を求める。

だが調停に入った列強諸国が朝鮮独立を保障するといえば、ひきさがらざるをえないので、乙案は旅順、大連割譲をうけいれたとき、台湾割譲をうけることとした。

丙案はいま講和の条件について、清国の意向を聞かなければ、当方からはたしかな方針を打ちだすわけにはゆかないと英国に回答することである。

宗光は伊藤と相談したうえで、在日英国公使に回答した。

「貴国のご好意に感謝します。当国はいままで戦争に勝っていますが、まだ和平交渉で満足できるほどの成果が得られる見込みが確立しているほどの情況ではありません。

そのため講和をおこなうのは、しばらく後にしたいと思います」

今後、満足すべき戦果をあげてから講和談判の席につくというのである。

英国が日本の回答をうけいれ引きさがったのは、日本の戦力が西欧諸国のそれに比べて劣らないものであると認めていたためである。強国となった日本はそれなりに利用価値があると見ているのであった。

英国についで十一月六日、東京駐在米国公使ダンが外務省をおとずれ、本国政府の訓令を宗光に渡した。

その内容のあらましは次の通りである。

「日清両国間の戦争は嘆かわしいことではあるが、アジアにおける米国の政略を危うくするものではありません。

両交戦国に対し米国は不偏不党、友交を重んじ中立を守り、両国の好運を希望するのみであります。

しかしもし戦闘が長期にわたり、日本軍の海陸の攻撃がとまらないときは、極東方面に利害関係をもつ欧州列強が、日本国将来の安寧と幸福を奪うような要求をして、戦争の終結を強制するかも知れません。

米国大統領はこれまで日本国に対し深い好意を抱いております。そのためもし東洋平和のため、日清両国の名誉を傷つけないよう仲裁をさせていただくときは、日本政府はこれをうけいれてくれるか、問いあわせよと申して参りました」

宗光はかねてから米国政府が外交面で公平無私であることに、深い信頼を寄せていた。米国が公平無私であることは、疑いをいれない。

しかし清国はいま一層の打撃をうけなければ講和の必要を感じていないようである。わが国民もまた戦争を続行し、清国全土を占領できると気焰《きえん》をあげる者がめずらしくない有様である。

宗光は伊藤と相談し、表むきは米国に対し仲介を謝絶する文書を渡した。

「日本政府は、日清両国の和睦につき調停を申し出て下さった、米国政府のご厚意に深く感謝いたします。清国と交戦する間、日本軍隊は至るところで勝利を得ているので、戦争をやめるため、特に貴国のご協力を乞う必要もありません。

しかしわが政府はいたずらに勝利をかさね、この戦争による正当な結果をかちとる限度を超えて、さらに欲望をつのらせようとはいたしません。

ただし清国政府がまだ直接にわが政府に講和を請求してこない間は講和の時期がきていないと見なします」

宗光はそのあとで米公使ダンと会い、座談の形式で内心を告げた。

「日本政府がいま公然と貴国に清国との間の仲裁者となって頂くのを望むのは、他の第三国の介入を誘いかねない危険があるので、しばらくご辞退しなければなりません。

しかし清国から講和を申しいれてきた時には、貴国が双方の意見を交換していただければ、わが政府は貴国政府のご厚誼に依頼申しあげたく思っています」

ダンは答えた。

「あなたのご真意は了解しましたのでそのご意向を本国政府に連絡いたします」

十一月二十二日、北京駐在米国公使デンビーは、東京駐在米国公使ダンに電信を送ってきた。

「清国は日本と講和談判をひらくことを私に委任したいと頼んできた。講和条件は朝鮮の独立を承認し、償金を弁償するとの二件である。この旨を日本国外務大臣に達してもらいたい」

清国は危急存亡のときを迎え、避難の支度をしなければならない状況になっていても、市場で商品売買をするような駆けひきをした。

宗光は十一月二十七日に米国代表者を通じ、清国に覚書を送った。

「北京、東京の米国代表者を通じ、清国政府の申し出た提議は日本国の承諾できないところである。現在の情況では清国が妥当な講和条件に同意すべき誠意があるとは思えない。

だがもし清国が誠実に和睦を望み、正当な資格をそなえる全権委員を任命するならば、日本政府は両国の全権委員が会合のうえで、戦争を停止すべき条件を宣言しよう」

清国政府は日本の要望に対し、使節派遣のまえに日本政府の講和条件を知らせてくれなければ、使節を出発させられないと、返答してきた。

宗光は米国公使を通じ、清国に反対意見を通知した。

「清国駐在米国公使よりの電信によれば、清国は現在、講和の必要を切実に考えていないようである。

今度戦争を停止するよう求めてきたのは、清国ではないか。そのため日本政府は前回の返答のように正当資格をそなえた全権委員出席の席上でなければ、講和条件を述べられない。その事情は重ねていうまでもなかろう」

清国政府はこの覚書に動揺したのか、米国公使につぎの電信を送ってきた。

「日本政府が前電により示した提議を拒んだのは、わが政府の遺憾とするところである。


このため日本政府の提議に従って全権委員を任命し、日本国全権委員と会合のうえ、講和の方法の協議を望む。清国政府は上海を委員会合の地としたいので、その予定日をあらかじめ知らせてもらいたい。この旨、日本国外務大臣に伝達してほしい」

宗光は十二月二十六日、東京、北京駐在米国公使を通じ、清国政府に回答した。

「日本政府は清国全権委員二名と和議を締結すべき全権委員二名によって全権委員会をひらき、広島で会談をおこなうものとする。

清国委員が広島に到着後四十八時間以内に委員会を開く。清国政府はその全権委員が本国を出発し、広島に到着する予定期日を、すみやかに日本政府に電信で通報せよ。

日本政府が休戦を承諾することになっても、休戦条件は全権委員会により定めたうえでなければ明言しない」

日本国内では主戦論者のいきおいはさかんであった。

清国北洋艦隊は威海衛に集結したままである。台湾進攻も今後の問題であった。陸軍は直隷平野の大決戦の態勢をととのえつつあるところであった。

政府内部には戦場を拡大するにつれ、戦争続行に困難が生じてくると考える意見があらわれてきた。しかるべき賠償を得て和睦するのが得策であるという。

海軍部内では遼東半島を譲与されるよりも、南方進出の拠点として台湾全島の譲与を受けたいという意見が多かった。

もし遼東半島をわが国に占領させないというときは、いったんそれを朝鮮政府に譲与させ、わが国が更にそれを借りうけてもよいが、台湾全島はなんとしてもわが国土としなければならないという。

陸軍は占領地域は将兵の肉弾をもって占領したもので、わが軍がまだ上陸していない台湾と比較できない。そのうえ遼東半島は朝鮮北部の守備に重要な地で、北京の喉もとを押さえ、国家将来の計画として領有しなければならないという意見が多かった。

大蔵省では領地問題についてはきわめて興味が薄く、松方蔵相は償金十億両（約十五億円）を支払わせるべきであるという。

欧州諸国では、日本政府がどのような和議条項を清国に提供するか、情報を懸命に探っていた。日本の行動にさまざまの憶測を描き、危機がいつおこるかも知れないと噂をたてている。宗光は伊藤と相談した。

「わが政府は欧米諸国に清国へ要求する条件をうちあけ、あらかじめ内諾を得て、条約締結ののちに干渉をうけない方針をとる。

それとも清国が承諾するまで、こちらの条件を深く隠して第三国が条約締結の前に何の交渉ももちかける余地をないようにさせるか、どちらがいいでしょうか」

伊藤は答えた。

「講和条件を一度外部に洩らせば、外国から干渉をうけずには済まないだろう。今こちらから各強国にむかってわが国の方針をうちあけ、内諾を求めようとすれば、かえって彼らに事前に介入されることになりかねない。

条件の内容について彼らのうちに強硬に反対するものがあれば、われわれはそれを予知しながら、そのまま清国に提示するか、あるいは彼らの反対を避けるために、清国への正当な要求をやめるかのいずれかの方法をとらねばならない。

どちらになっても随分むずかしい事情になるので、いまはまったく他をかえりみず清国と交渉しよう。

条約締結後に強国の干渉があれば、閣議によってしかるべき方針をとればいいだろう」

伊藤総理の意見は内閣同僚、大本営重臣も是認するところとなった。

その後、米国公使を通じ清国政府と電信を往復するとき、事前にわが政府の方針が洩れないよう、きびしく手配りをした。

宗光は伊藤に従い日清講和条約についての協議をおこなうため十一月十一日に東京

を出発し、広島大本営におもむく。同月二十七日に日清講和の件についての御前会議にのぞんだ。

天皇は内閣総理大臣の上奏をきこし召され、宗光が奉呈した条約案を閲覧なさったあと、列席する文武重臣の意見が異議のないことをご確認のうえで、ご裁可下さった。伊藤と宗光は一月三十一日に全権弁理大臣として、清国使臣と会議をすべしとの、大命を拝受した。

同日、清国講和使節張蔭桓《ちょういんかん》、邵友濂《しょうゆうれん》が広島に到着した。講和談判は翌二月一日に広島県庁ではじめることになった。

宗光は清国使節が、国運を賭ける重大な談判にのぞむにふさわしい権力地位をそなえた人物ではないのを疑っていた。

張は総理衙門《がもん》大臣戸部左侍郎、邵は兵部右侍郎署湖南巡撫という、講和全権を托されるにふさわしい重臣ではなかった。

伊藤は宗光に内心の疑念を告げた。

「いま内外の情勢を察すると、わが軍は戦線を山東半島にのばし、講和の時期が熟しているとは到底いえない。談判をはじめれば、その内容がたちまち世界に知れわたり、諸方に物議をひきおこすおそれがある。

今度清国使節と会うまえに、彼らが日本と条約を締結しうる全権委任状をたずさえているかをたしかめねばならない。清国が使臣に与える全権は、国際公法上のそれとは違うものではないか。それをたしかめねば談判ははじめられぬ」

　宗光は伊藤と同様の不安を抱いていたので、即座に同意し、もし清国使節の権限が国際公法上の権限と違うときは、談判を停止することにした。

# 下関談判

清国から派遣された二人の講和使節は、明治二十八年二月一日、伊藤総理と陸奥外相に広島県庁で会見した。

会談をはじめるまえに、国際公法上の全権委任状を交換しようとしたが、予想していた通り、使節たちはそれを持っていなかった。

清国皇帝が日本国天皇に彼らを紹介する信任状を、国書として提示されたので、返却した。使節らは勅諭と称するものをさしだした。その内容は彼らが清国全権大臣として日本国全権大臣と、今度の事件につき交渉し、その経過を総理衙門に電信で報告し、勅旨に従い、調印した条約書を持ち帰り、皇帝が内容を閲《けみ》したのちに批准するというものであった。

陸奥宗光は使節に告げた。

「あなた方は全権委任状を持参されなかったので、日本帝国全権弁理大臣であるわれらは、談判を停止せざるをえません」

清国使節は宗光の強硬な態度に驚愕《きょうがく》するばかりで、ただちに本国政府に電信を送り、完備した全権委任状を送らせるので、ぜひ会談をひらかせてほしいと懇願した。

宗光は拒絶し、清国使節団は長崎から上海への便船で帰国することになった。清国政府から二月七日、北京駐在米国公使、東京駐在米国公使の連絡網を通じ、信任状を貴国の指示通りに更改するので、講和会議をひらいてほしいと要請してきたが、応じなかった。

清国使節が広島県庁を退去し、長崎へむかうまえに、伊藤総理は使節団の随行員のうちの伍廷芳《ごていほう》という男を呼びとめ、自室へ誘った。

伊藤は明治十八年、朝鮮の内乱甲申事変の善後処置を日清両国のあいだで決める天津条約を、李鴻章との交渉により成立させたが、伍はそのときから伊藤の知己であった。

伊藤は伍に告げた。

「李鴻章に私の真意を伝えてくれ。こんど清国使節と談判を拒んだのは、私たちが決して乱を好むためではない。

私たちは両国のために、特に清国のために一日も早く平和をとりもどすのが肝要であると思っている。そのため清国が真実に平和を望み、しかるべき資格のある全権委員をよこすなら、私たちは即座に談判を再開しよう。

清国にはさまざまの旧法旧例があるだろうが、私は今度こそ清国が国際公法上での措置判断をされるのを望んでいる。私は君が天津以来の知りあいなので、いささか内意を洩らしたのであった。これは貴国使節に公言すべきものではない」

伍は答えた。

「ご厚情のほどありがとうございます。閣下のご真意を十分に理解するため、明言をいただきたいのです」

「なんでも聞きたまえ」

「閣下は今度訪れた清国使節の官位、名望につきご不満なのではありませんか」

伊藤は否定した。

「いや、わが政府は誰でも正当な全権委任状を持つ人であれば、交渉しますよ。しかしもちろん使節の名望あつく、地位が高ければ談判は順調に進むでしょう。もし清国政府において地位、名望ある人を全権使節として日本に派遣できない事情があるときは、こちらから北京へ出向くこともいといません。

たとえば李鴻章のような人がこの任を受けてくれるなら、たいへん都合がいい。なぜならば、この談判の結果をかならず実行できる有力者を必要とするからだ」

このときの談話を、伍廷芳が李鴻章に伝えたので、李が全権使節として来日する結果になったと推測できる。

広島での談判が不調に終り、清の使節が帰国したのち、欧米諸国は日清両国の事変への今後の対応を注視した。

彼らは清国の行動がしばしば国際公法を無視することを知っており、交渉において法規を逸脱してもいつものことだと黙認していた。そのため諸国は清国政府のだらしない態度を嘲《あざけ》るよりも、日本がこんな口実をもって清の使節を追い返したのは、ほかに陰謀を抱いているのではないかと怪しみ疑念を抱くばかりであった。

ヨーロッパの三、四の強国は申しあわせたように、彼らの東京駐在公使を通じ、「清国への要求は過大に過ぎることなく、清国が応じうる程度にとどめ、平和をすみやかに達成することを望む」と日本政府に申し入れてきた。

またロシア政府は在外大使に訓令を発し「英・仏ら強国とともに日清戦争に干渉せよ。その時期は清国が敗戦を認め、誠実に和を乞うに至った場合である」と指示した。

この頃、欧州諸国ははじめて日本に対する干渉の爪牙《そうが》をあらわしてきた。彼らは日本が清国大陸の寸土も占領することを許さない本心をしだいに隠さなくなった。

宗光は閣議で報告した。

「欧州の形勢ははなはだ不穏になってきました。日清両国の交渉に、第三者を介入させない方針は、このうえ維持できない政情になり、いまになって欧州強国の理解、黙認を得るのは、時機がもはや遅きに過ぎます。

わが国からいまになって既定の方針を変更するのも、困難な事情があります。それで私はなんとしても清国政府に一日も早く講和使節を再派させ、戦争終結を急ぎ列国の疑心を一新せねばならないと思います。

しかし、そうするためにはこれまでのように清国に対し当方の講和条件を隠さず、清国使節再派遣の前に、交渉の重要な点につき先方に伝え、彼らが予め決心できるようにしてやらねばなりません」

宗光は二月十七日、米国公使を通じ清国政府に申し入れた。

「日本国政府は、清国が軍備賠償と朝鮮独立を確認し、さらに戦争の結果として土地を割譲し、将来の国交を定めるため、確固たる条約を締結できる全権をそなえる使節を再派しなければ、談判はまったく無効となる」

翌十八日、清国政府は宗光の発した電信とゆきちがいに米国公使を通じて連絡してきた。

「内閣大学士李鴻章を筆頭全権大臣に任命し、一切の全権を与えた。日本政府は両国全権委員会合の地をいずれに定めるか、なるべくすみやかに回答を乞う」

日本政府は、下関に両国全権大臣会合所を設定すると回答し、清国政府からは李鴻章が三月十四日に天津を出発し、下関へ向かうとの返電が届いた。

東京に戻っていた宗光は広島大本営におもむき、三月十五日に伊藤総理とともに全権弁理大臣の大命をうけ、十七日夜に広島を出発し、十九日早朝、宇品から下関に到着した。李鴻章一行もほとんど同時に着船した。

三月二十日、両国全権は第一回の会合においてたがいの全権委任状を交換し、それが完全であると認めあった。

清国側は講和談判の開始の前に、休戦条項をとりきめたいと要求した。講和条約交渉に先立って両国陸海軍が休戦し、和議交渉を開くのが第一の条件であるという。

伊藤、宗光はこの件につき明日回答すると答えた。会合のあと、李鴻章は旧知の伊藤総理と延々数時間にわたり座談を交わした。

彼は古稀《こき》をはるかに超えた高齢を忘れさせるほど容貌に迫力をたたえ、雄弁は聞く者をひきつける。清国政府の曽国藩が、李鴻章の風采、弁舌ともに人を威圧する風格をそなえているといった通りであった。

伊藤が李にいう。

「さきに貴国使節両人が訪問してくれたときは全権委任状が不備であったのは、当時まだ貴国が和睦を切望される真意がなかったためであろう。来訪の効果を失ったことはまことに遺憾である」

李は即座に答えを返す。

「現在清国に和睦を切望する誠意がないときは、この重任を私に命じることはありません。私もまた講和の必要を感じなければ、こんな重任は受けません」

李は清朝廷における自分の地位が高いことを強調しているのである。彼はさらに日本側の注意をひき寄せる内容の話題をひろげてゆく。

「日清両国はアジアにおいて欧州列強の注目を集めている、二大帝国である。両国は同文同種で文物、制度において共通点が多く、いま一時交戦状態となっても、たがいに永久の友好を回復しなければならない。

さいわいに今度休戦に至れば、従来の交際を継続するばかりではなく、彼我《ひが》永久の友誼《ゆうぎ》を保ち、さらに一層の親善をふかめる友邦《ゆうほう》となるのを望みます」

李は話題を変え、伊藤を褒めあげた。

「今日において東洋諸国の西洋諸国に対する立場がいかなるものか、判断しうる人は伊藤伯爵の右に出る存在がありません。

西洋からの大潮流は日夜東洋にむかっております。この潮流をさえぎるため、黄色人種が結合して白色人種の影響をくいとめる軍備にはげむ時ではありませんか。今回の日清交戦は、両帝国同盟の成立を妨げないものだと信じています」

李はさらに日本の政治経済改革、軍備増強の進歩を賞讃する。

「伊藤総理施政の優秀なることは、今度の戦争の結果にあらわれています。日本が西欧方式による陸海軍組織によって当国との実戦にのぞみ、めざましい戦果を収めたのは、黄色人種が白色人種に一歩も譲ることのない能力をそなえていることを実証し、清国は長年月にわたる迷夢から醒めさせてもらいました。

この事実は日本が清国に奮起をうながし、清国が将来の進歩をうながすもので、今回の敗戦はその意味で日本から大きな利益を得たといえます。

日清両国は東亜の二大帝国で、日本は欧州各国に恥じない学術知識を持ち、清国は厖《ぼう》大《だい》な天然資源を持っています。両国があい結べば欧州強国に軍事衝突をしても充分に対抗できるでしょう」

宗光は李鴻章の語る内容は、現今の政治家として斬新な識見というわけでもない、日常茶飯事ともいえる平凡なものであったが、その老《ろう》獪《かい》な弁舌はさすがに清国政府第一の人物といわれるにふさわしいと、彼の能力を認めた。

日本側を褒めあげつつ、清国の敗戦者としての屈辱の立場を認めない、昂《こう》然《ぜん》とした語調に共感さえ覚えたためである。

三月二十一日、伊藤と宗光は清国使節の提議に回答した。

「日本帝国全権弁理大臣は、休戦条約が講和談判締結のために必要であるとは認めないが、条件によっては締結してもよい。

目下の軍事情勢を考慮して、条件はつぎの通りである。日本国軍隊は大沽、天津、山海関を占領し、そこに駐屯する清国軍隊は一切の兵器と軍需品を日本国軍隊へ引き渡し、天津、山海関の鉄道は日本軍務官が管轄する。清国は休戦の期間、日本軍の経費を負担する。清国がこの条件をうけいれるならば、休戦実行細目を出す」

李鴻章は日本側の回答文を黙読しつつ、顔におどろきをあらわし、「あまりに苛酷だ、苛酷だ」と連呼した。

彼は伊藤、宗光に頼んだ。

「このような条件は、清国が到底堪えられないところである。日本政府は再考され、いますこし寛大な別案を提出してくれないだろうか」

伊藤らは答えた。

「当方からはいまさら別案を出すつもりはない。あなた方が修正案を出されるのであれば、それについて談判するのは拒まない」

李は休戦問題を一時とりあげず、日本側の講和条件を聞くことができるかといった。

伊藤らはいった。

「休戦については、当方は議論するつもりはありません。ただちに講和談判にとりかかってもよろしい」

李は同意しなかった。

「まず休戦条約を結ばなければ、講和談判にとりかかれません」

李は伊藤らを説得しようとした。

「日本と清は、本来同盟国であった。日本がもし両国の永久の平和を誠実に保とうとすれば、清の名誉についても留意してほしいものです。

今日の情勢において日本は清にどのような要求をもできる立場にあるだろう。しかしその要求はある程度にとどめることが得策になるのです。もし日本が諸外国の納得する程度を超えれば、清国と和睦し平和を得て国力を内外にあらわした空名のみを得て、何の実利も得られなくなるでしょう。

今度の戦争は朝鮮事件に起因しておこった。日本軍は今や朝鮮全土を占有し、清国領土内をも広く占領しているではないか。

天津、大沽、山海関は北京を守る要衝である。もしこれらの各地域を日本軍が占領すれば、北京を外敵から守る要害がまったく消えうせてしまう。こんな条約に清国が堪え忍べるだろうか」

伊藤は日本の要望が苛烈であると恨むようにいいつのるのを、なだめた。

「当国のこれまでの戦闘行為に不正当なものはなかったと思っているが、いま交戦のはじまった原因を遡って討論する時間はありません。できるだけ早く紛争をやめたいと願うのみです。

いま清国のために一日も早い休戦を望んでおられるでしょう。天津その他を占領するというのは、一時の担保とするためで、もとよりその市街を破壊するつもりはありません」

たがいに押し問答をくりかえすうち李はいう。

「この休戦条件はあまりに苛酷である。しかし本来の目的は講和で休戦ではありません。

日本側も同様の感情を抱いておられると信じます」

伊藤と宗光は応じた。

「その通り、われらもすみやかな講和を望んでいます。しかし休戦問題が解決しなければ講和談判を開始できません」

伊藤らの強い態度をうけた李は、対応策をまとめる時間をほしいと申し出た。伊藤と宗光は答えた。

「現在、両国民がわれわれの談判の結果を注視しているときであるから、できるだけ敏速に返答をお願いします」

李は三日後に確答するといった。

三月二十四日、双方は会合し休戦問題を撤回して講和談判にとりかかることを決議した。伊藤、宗光は協議のうえ翌日から講和問題の交渉を開始すると告げた。

この日、李鴻章はひとつの提議をした。

「日本政府の講和条約案のうちに、他の諸外国の利益に影響を与える条項がないようお願いします。その理由は講和問題を日清両国の間にとどめ、他国の干渉を避けたいためです」

宗光は李の耳ざわりのいい言葉は、耳を掩《おお》って鈴を盗むとの諺の通り、その内心を見すかせるものだと思った。

李は講和条約の提案をうけたのち、懸命に欧米各国に干渉を求めていた。李が西欧強国の干渉により、講和条件を有利に導こうとする外交活動をおこなっているのを、宗光はすでにうかがい知っていた。

この日、会合が終了し双方が席を退出したのち、宗光は李鴻章の子息である李経方《りけいほう》をひきとめ、明日の談判においてあらかじめ打ちあわせをするため相談をはじめようとしたとき、官吏が急ぎ戸をあけ入室するなり告げた。

「ただいま清国使節李鴻章殿が、暴漢に短銃で狙撃され負傷されました。暴漢はその場で捕縛いたしました」

意外な椿事《ちんじ》におどろいた宗光は、李経方に告げた。

「まことに嘆かわしい椿事がおこりました。すぐお帰りのうえ尊父の看護をつくされよ」

宗光は李経方を送りだしたのち、伊藤総理とともに清国使節の旅館へ出向き、李鴻章を見舞った。

彼を襲ったのは自由党系の壮士小山豊太郎で、短銃で狙撃したが李は顔を傷つけられただけで生命に別条はなかった。李が遭難したとの電信が広島行在所《あんざいしょ》に届くと、天皇は軍医総監石黒忠悳《ただのり》、軍医監佐藤進を下関へ派遣し、皇后手製の繃帯《ほうたい》を持参させた。

翌二十五日、天皇は李鴻章の身辺警衛に配慮をしていたが、不慮の事件をひきおこしたことを遺憾とするという詔勅を下された。

事件を知った国民は公私団体の代表者、個人を問わず下関に駆けつけ、清国使節の旅館をたずね慰問した。遠方からは電信、郵便で見舞いの意をあらわし、物品を贈与する者があとを断たない。

旅館の門前には群衆が群れつどい、李鴻章の症状を気づかった。宗光はこのような情景を見て浅薄な人情を指摘した。

「日清開戦以来、わが国の各新聞はもとより、公私の会合に人々が集まれば清国官民の短所を過大にいいふらし、罵ってやまず、李鴻章の履歴についても、聞くに堪えないような悪口を放言してやまなかった。

そのような群衆が、今にわかに李の遭難に心を痛めるさまを見れば、いかにもへつらいではないかと思える美麗な言葉でいたわろうとする浅薄な態度が目障りである。はなはだしい者は李のこれまでの功業を並べたてて、極東の将来の安危は李の死生にかかわるものであるというに至っては、全国至るところで李の遭難を嘆く声がここからおこっていることを示すものである」

李の負傷を悲嘆し騒ぎたてている国民は、この事件によって欧州強国の非難をおそれていると、宗光は見ていた。

昨日まで戦勝の熱気に沸きたって狂喜乱舞していた群衆は、外国の非難をおそれ、わがねぐらを失う苦境に直面したかのように、不安に沈みこむ。宗光は昨日まで戦勝に酔い、熱に浮かされたようによろこび狂っていた国民が、波濤《はとう》の崩れるように沈みこむのは、台頭して間のない新帝国の自信の乏しさによるもので、しかたがないと思った。

李鴻章がその情況を察知して、つぎの電信を本国へ発したのを宗光は知った。

「日本官民が私の遭難に対し、痛惜の思いをあらわすのは本心ではない。外面を飾っているだけのことである」

宗光はこの際的確な善後策を講じなければ、欧州強国から予想もしない弾圧をうけるかも知れないと考える。

清国との戦争をこのうえ継続するのは得策ではない。李鴻章が負傷の治療を理由として、談判を途中で切りあげ帰国して、欧米強国に日本国民のテロ行為を非難し同情を集め談判仲介を求めれば、すくなくとも二、三の強国の同情を得るのはたやすい事だろう。

この機会に一回強国の干渉をうけたときは、清国への講和条件について大幅な変更を迫られるだろう。いまにおいて欧州列強が日本の主張に反対すれば、日本は清に対する要求もおおいに譲歩しなければならなくなりかねない。

今度の事件は一人の凶漢の犯行によるもので、日本政府と国民のかかわり知らないことだから、犯人に相当の処罰をすれば、そのうえの責任を負う必要はないとの議論もあるだろう。

しかし、それでは事は収まらないかも知れないと宗光は危ぶむ。

――現在交戦中の日本はあいついで勝利を収めている。勝者が敗北をつづける清国の使節と交渉するとき、敵の使節にしかるべき保護を加え、誠意をもって待遇することは国際公法の規定するところだ。

この事件で国際社会の非難をうけることになれば、簡単に口先でそれを打ち消すのは容易ではない。

李鴻章の地位、名望は世界に聞こえている。彼が古稀の高齢ではじめて日本へ使節として訪れ、凶弾を受けたのである。世界の同情をひくのはたやすいことだ。

だからもしある強国がこの機をつかみ干渉をしようとすれば、いまはたやすく成功するだろう――

宗光は三月二十五日の夜、伊藤総理に会い相談した。

「いま李鴻章に対し、手をつくしての待遇、国民の好意は高まるばかりでありますが、実益を与えなければ彼を満足させることはできません。そのため彼が懇請してやまなかった休戦を、この際こちらから無条件で許可することが、もっとも効果ある結果を招くことになると思います。

そうすればわが国の誠意は、清国はもとより他の諸外国にも重要な事実として発表されましょう。わが国警察の不行届きによって李に負傷させたため、講和交渉が停止されているいま、わが軍が勝手に清国を攻撃すれば、道義上の非難を諸国から受けることになります」

伊藤は宗光の意見にまったく異存はなかった。

「よかろう、君の論旨は筋が通っている。そうしよう。休戦については陸海軍の同意を求めねばならん」

宗光は伊藤とともに広島の閣僚、大本営の重臣に電信を送り協議をしたが、山県陸軍大臣が賛成したのみで、松方蔵相、西郷（従道）海相、榎本農商務相、樺山軍令部長、川上参謀本部次長は、いま休戦すればわが国にとって不利であるため、再考を求めると連絡してきた。

だが現在の事態をこのまま放置してはおけないと判断した宗光は、伊藤にすすめた。

「まもなく小松宮が大軍を率い、旅順口に出征されるという切迫した時期だそうですが、実戦にのぞまれるのは二〜三週間後のようです。

いま攻撃を中止しても、軍機を誤る事態にはならないと思いますが、このような重大問題は電文によって結果を求めるのは無理です。ほかにも緊急の事件につき聖裁を仰がねばならないことがあるので、あなたがご自身で広島へ出向き、問題解決をなさるようお願いします」

伊藤はその夜下関を出発し、広島大本営におもむき大本営の文武諸官と会い、熱弁をふるって休戦断行の得失について議論しあった。その結果、諸相は欧州諸強国の微妙な動向を警戒する伊藤、宗光の意見に賛成した。

天皇の聖裁が下り、二十七日の夜半伊藤の電信が宗光のもとへ届いた。宗光は電文を条約文に書きととのえ、二十八日に李鴻章の病室へ出向き、事情を告げた。

「天皇陛下はこのたび、わが政府が承諾しなかった休戦を、一定の時間を定め、おなじく一定の地域で実行をうけいれよとの命令を下されました。このご許可はあなたの遭難についてのご配慮によるものです。

そのため伊藤総理はいま不在ですが、休戦条約についての談判は、清国使節の都合に従い、いつからでも開始します」

李鴻章は繃帯のなかからあらわした片方の眼に、燃えるような歓喜の色をあらわして告げた。

「貴国聖上陛下のご仁慈《じんじ》を感謝いたします。私の負傷はまだ癒えていないので、談判の席に出られないが、病床の枕頭で談判することはいつでも結構です」

宗光が示す休戦条約の重要な約款は、つぎのような内容であった。

「日本政府は台湾、澎湖《ほうこ》列島とその付近で交戦中の遠征軍をのぞき、他の戦線において休戦することを承諾する。

日清両国政府は本条約の有効期間、攻守のいずれにおいても援兵を増派し一切の戦闘力を増加しないことを約束する。

しかし現在の戦場で戦闘に参加する軍隊に援兵を増派する目的でなければ、両国政府は兵員を移動してもよい。

海上での兵員、軍需品の運送は、戦時の国際公法の規定による。この休戦条約は調印後二十一日間に限る」

宗光は李鴻章が提示した修正案を、台湾諸島にも休戦効力を及ぼしたいという条項のほかはすべてうけいれ、その日のうちに成案をつくった。

翌二十九日、伊藤が下関に到着すると、三月三十日に休戦条約の調印を終了した。

休戦条約締結後、李鴻章は講和談判にとりかかるのを急いだ。療養中で会議所に出席できないが、旅館での談判が不都合であれば、講和条約案を病床で一覧し、書面で交渉できるという。

宗光は李鴻章遭難のまえ、李経方と講和条約交渉の順序方法につき、打ちあわせようとした。

その内容は、条約案全部を一時に提出し逐次可否を決定すべきか、条約を一条ごとに議定すべきかの二つの方法であった。

このような談判は進行する前にあらかじめ手配りを定めておくのが通常とされている。清国外交官に対しては、特にその配慮が必要であった。

彼らは往々にして議題に従い事実関係を確定せず、漠然たる抽象的一般論ばかりを開陳して時間の浪費をはばからない癖があった。

そのため宗光は四月一日に李経方と会い、二つの方法のうちどれをとるかを相談した。

宗光は各条項を議定する方法が便利であるといったが、李経方は条約全体を同時に提出議定することを望んだ。

宗光は李経方に告げた。

「条約のすべてを一時に提出議定することに同意しましょう。この方法をとれば、当方がそれをすべてうけいれても、そのうちの条項のいずれかについて説明を求めても、漠然と反論するようなことはなく、確答してもらいたい。また条約案を提示したうえは、三日あるいは四日の日限のうちに回答して下さい」

李経方が父のもとへ帰ったのち、李鴻章から連絡してきた。

「あなたの提議に応じ、回答書を出す期限は四日間とします」

日本講和条約案の内容はつぎの通りであった。

一、朝鮮が完全無欠な独立国であることを、清国が承認する。
一、清国は遼東半島、台湾全島、澎湖列島を日本国に割譲する。
一、清国は日本軍費賠償として、庫平銀《こへいぎん》三億両を、五年賦で支払う。
一、清国と欧州諸国との間にとりかわしたのと同様の、日清通商新条約を締結する。
一、従来の開港場のほか、北京、沙市、湘潭、重慶、梧州、蘇州、杭州の港市に日本国民の住居、営業所をひらく。

つづいて通商上の有利な特権を記載し、最後に記した。

一、清国は講和条約を誠実に履行する担保として、日本軍が奉天府《ほうてんふ》、威海衛を一時占領することを承諾し、駐屯軍の費用を支払う。

清国は日本側提案の報告をうけると、ただちに北京の英、露、仏の駐在公使にその内容を通報した。彼らはいう。

「日本の要求する条件は、苛酷きわまりない。ことに遼東半島の割譲はどうしてもうけいれられないものだ」

清国は講和条約案のうち、うけいれた通商に関する条項については西欧諸国に通報しなかった。

日本が得た通商上の権利は、清国と最恵国待遇を結んでいる諸国がおなじ利益を得ることになるため、清国はその条項を隠そうとした。

宗光はその事実を探知すると、それを英国の新聞に報じ、英国が清国に助力して講和条約に反対する動きを封じようとした。

四月五日、李鴻章は日本の提案に対し、長文の意見書を提示してきた。

「第一に日清両国の朝鮮に対する権利が平等であると主張する。

第二に領土の割譲である。日本がこれを強制すれば、いつまでも争論紛議が両国の間に残り、仇敵としての怨恨が消えない。

奉天省は清国発祥の地で、その南部を日本国の領土として、陸海軍の根拠地とすれば、いつでも北京を攻撃できる。

永遠に両国の和平を維持し、たがいに援助する条約を結び、アジアのために長城を築き欧州各国のあざけりを受けないようにするのが、両国の役目ではないか。

たまたま日本が一時の兵威をおごり、みだりに行動すれば永久の怨恨が消えず、たがいにいがみあい、ついには外国人の掠奪《りゃくだつ》を受けるに至るだろう。

第三に軍費の賠償要求が過大であるとして減額を請求する。

第四には通商上の権利については内容が複雑で諸外国との契約にも影響するので、かなりの修正を加えなければ承諾できない」

数千言にわたる覚書の全文は、精密丁重で李鴻章の多年にわたる政治行動の深さを思わせるものであった。

# 巨濤《きょとう》迫る

李鴻章の覚書は筆意精到をきわめた名文であるが、外交交渉の面においてはひたすら具体的な事実問題に触れず、アジア制圧の機を狙う西欧各国の実情を述べ、日清両国の協力を力説するのみであった。

日本の隆々たる声威を賞揚し、清国内政の混乱を歎き、伊藤博文、陸奥宗光らの耳《じ》朶《だ》にこころよい言葉をつらね、憐れみを乞うばかりであった。

宗光は伊藤と李鴻章に対処する方針を協議した。伊藤は強硬な意見を主張した。

「李に彼の説く迷夢を指弾して、事態を理解させねば、いま日清の力の関係がどうなっているかを了解できないだろう。

終始こちらに哀訴するたわごとをくりかえし、談判を長引かせるばかりだ。そんなことをしていると、世界諸国から日本は戦争に勝ったが、道理において屈したと見られるだろう」

　宗光は答えた。

「私は貴公のいわれるところが、理にかなっていることはわかっているが、この件については四月一日に李経方を通じ、李鴻章から当方の提示した条約案の回答は四日間のうちに提出してもらうことに決めています。

　議論の内容は事実問題に限る。当方の提案をうけいれるか否か、または各条を修正することのみを議題にのせると約束しました。

　この覚書は事実問題よりも一般の概論を披瀝しています。かような概論にいい返せば、李はまた再三反駁《はんばく》してくる。

　たがいに論戦するうちに、狂った人が走ると狂わない人もつられて走りだすことになります。

　元来清国外交は、交渉相手を本来の議題に達することができないように、あれこれと岐路にさまよわせるのを、もっとも得意とするものです。

　そのため私は李鴻章の誘いに乗らず、前約の通り、提案した事実問題につき議決してゆく方針を堅持したいと思います」

「なるほど、貴公の読みの深さにはおそれいった。まことにその通りじゃなあ。貴公が全権としていてくれるので、わしは寝首をかかれるような目にあわずにすむわい」

四月六日、宗光は清国使節に公文を渡し、ただちに事実問題の討論に入ることを望んだ。

現代文でしるす。

「明治二十八年四月一日の会合で、日清両国の全権大臣が、講和条約案を談判する順序と内容につき、約束をかわした。

ところが今度貴全権大臣から送付された覚書を読むと、始終にわたり清国の内情を嘆き、日本全権大臣に同情してもらいたいと願うほかに、日本政府の提案に対して何のまとまった回答もない。

清国は日本の提案にいかなる判断をするのかまったく確言しない。清国の内情を、講和談判において論じる必要はない。日本全権大臣は当方の提出した講和条約案の全条あるいは各条に諾否を確答してもらうことを求めるのみである。改正を望むところがあれば、それをただちに談判しようではないか」

李鴻章が日本側の提案に対し、わが意見を明確に述べるのを避けようとしたのは、後日のわが身に及ぶ責任を逃れるためであった。

四月八日、伊藤全権は李経方と会い、当方の提案は一週間前に出しているが、清国使節はいまもなお確答をさしださないのはなぜかと詰問した。

「本月五日の清国全権大臣の覚書は、われらが提案した協議書の内容とすることはできない。休戦期限はわずか十一日間を残しているのみである。

このまま時日を空費した結果、戦闘を再開するのは、たがいにもっとも好まないことではないか。だから明日の四月九日に講和条件をうけいれるか否かの回答をしてもらいたい」

李経方はただちに返報してきた。

「現在のわれら父子の立場がきわめて困難なことを充分ご了解下さい。ご提示頂いた案件の過半は問題なくご回答できます。

しかし償金と国土割譲《かつじょう》の二つの問題はきわめて重要であるので、書面で回答する前に会見面談して、さらにご説明をしてたがいに事情を理解しあわねばなりません」

伊藤全権は反論した。

「講和談判の順序方法は、先日陸奥全権があなたと約束した通り、清国側はわが提案のすべてを諾否するか、各条ごとに意見をたしかめあうかのいずれかをとるべきでしょう。

わが提案の一部分に確答し、他の一部分についてはことさらに面談するというご提議は、うけつけられません。

清国使節が当方の提案に、いかなる修正を申し出られるのもご自由ですが、償金については極めて少額の軽減には応じますが、多額の軽減はできません。割譲の件については奉天、台湾のいずれかの譲与を削減することはできない。この二件についてはのちの誤解を避けるため、ここに明言しておきます。

あなた方は現在の両国の立場をよく考えられたい。日本は勝利者で清国は敗北者であるということです。

貴国が和議を願ったために、日本はこれに応じていまに至ったが、もし談判が決裂したときは、わが国の六、七十隻の輸送船はただちに大軍を乗せ、戦場へむかうことになります。

そうなれば北京の安危はどうなるのか、よく考えるべきです。遠慮なくいうならば、談判が決裂して清国全権大臣がいったん下関を離れたときは、北京城門を安全に出入りできるか否かは保証できないのです。

だからあなた方使節が当方の提案についてうけいれるか否かの確答をしなければ、幾度談判をくりかえしても何らの利益も得られません」

李経方は伊藤の厳しい議論に圧倒され、償金と領土割譲の件につき、このうえ回答を延引する手段は通用しない段階に立ち至っていることを知った。

彼は伊藤に対しひたすら懇願した。

「さっそく父と協議をして、とにかく回答書をこしらえお渡ししましょう。しかしそれが日本全権の激怒を買い、談判決裂に至る不幸を招かないよう、各位の穏やかな観察を願うばかりです」

李鴻章は、講和談判成立の結果についての責任を、すべてわが身に負うことを怖れていた。

彼は北京政府に談判についての訓令を受けようとするが、政府の狡猾《こうかつ》な役人どもは曖昧《あいまい》きわまりない無責任な訓令を送ってくる。

このまま日本への回答を遅延させれば、談判はかならず決裂すると察した李鴻章は、さしあたっての危機を免れるため、四月九日に伊藤、宗光らに一蹴されるのを覚悟のうえで、日本の提案に対する修正案を提示した。

その内容の主な修正点は、以下の通りであった。

一、割譲地を奉天省内の四県と、南方の澎湖列島に限るとし、償金は一億両《テール》として無利息とする。

一、日清通商条約は、清国と欧州諸国との条約を基礎として締結する。

一、清国が講和条約を誠実におこなう担保として、日本軍隊は威海衛を占領する。

一、将来日清両国の間に紛争がおこったとき、第三者である友好国に依頼して仲裁者を選び、その裁断にゆだねる。

李鴻章はこの修正案が日本側にそのまま受理されると思っていなかった。彼は北京の総理衙門に電信で連絡をとっていた。

「私は再三検討しましたが、時機が切迫したので、自己の判断によってこの案を提示しました。

日本がこの案をうけいれず、自国の案をかたく主張すれば、それに応じるべきか、あらかじめご内訓を示されたい。もし不可であるとのことであれば、談判をきりあげ帰国いたします」

李の提示した修正案は、到底うけいれられる内容ではなかったが、伊藤と宗光は交渉をこのうえひきのばさず、迅速に決定しなければならない。

日本は戦勝国ではあるが、原案にまったく変更を許さないというのは、このような談判では苛酷に過ぎるという国際公法上のそしりを免れない。

そのため四月十日の会議では日本側から再修正案を、清国使節に提示した。その主な内容は、台湾と澎湖列島の割譲は原案の通りとして、奉天省南部の地についてはその面積を削減する。

償金は二億両に削減する。

通商条約については開港の数、航路において修正に応じる。

この日、宗光は体調がととのわず、談判に出席しなかったが、伊藤総理が峻厳きわまる応対をした。彼は清国使節に告げた。

「今度の提案は当方の最後の譲歩である。清国全権はこの案に対してうけいれるか否かの回答をしてもらいたい」

李鴻章は反撥する。

「回答をする前に、なぜ当方の弁論を許さないのですか」

伊藤は答える。

「これが最後の提案である。このうえかさねて弁論をしても、私たちの意見を変えることはできない。弁論をかさねたところで無益であろう」

李鴻章は強引に問答をかさね、つぎの三点についての要請を述べてゆずらなかった。

一、償金は過大で清国の財力では到底支払えないので、削減を望む。
二、奉天省割譲地のうち、営口を削除してもらいたい。営口は清国の財源で、それを奪われて償金を支払うのは、嬰児《えいじ》を養おうとして乳房をとりあげられるようなものである。
三、台湾はまだ日本軍の侵略をうけていない土地であるから、割譲をするのは道理に反しているので応じられないとの理由はなりたたない。

伊藤総理は三件について、清国側に主張すべき根拠がないと拒絶し、談判の解決を迫った。

「今後三日間のうちに諾否の回答を受け取りたい。北京よりの電信をうけとる時間をとるも、四日間で返報を願います。休戦期間はあと十日に迫っているので、談判決裂になってもやむをえません」

李鴻章は伊藤の請求にも屈せず、さらに会見して、清国皇帝陛下の勅許を得たうえで最終の確答をしたいと抗弁した。

宗光は李が北京の総理衙門に対し、四月十一日につぎの打電をしたのを知っていた。

「昨日伊藤と面談しましたが、彼の考えはすでに決まっていて、動かせません。このうえいかに譲歩すべきか、ただちに訓示を下さるようお願いいたします」

総理衙門からの李に対する返電は、つぎの通りであった。

「伊藤の応対は非常に切迫しているとのことだが、もしこのうえ談判をする方途がなくなれば、貴官は当方へ電信で連絡のうえで条約を締結せられよ。

貴官はこの命令を受領したうえは、なお論争をなされても、決して談判決裂に至るおそれはありません」

北京政府は李の電信をうけ、一旦は便宜上の調印をおこなう権利を与えたのである。

李鴻章は四月十四日に総理衙門に送電した。

「明日午後四時に両国使節が面会して議決することになりました。もし日本の条件をうけないときは談判は不調になります。

事態はきわめて切迫しています。日本の要求を受けたならば、北京は戦禍を避けられましょうが、そうでなければおそるべき災いを受けねばなりません。

そのため訓令をまたず、条約を締結しなければならない結果になるでしょう」

この電文をうけた総理衙門の返電は、つぎのような内容であった。

「さきに送った訓令は、一分でも談判を延ばせば一分の利益があるだろうとの意をこめたものであったが、その望みもなければやむをえない。

前訓令の示す通り条約に調印せよ」

李鴻章に条約調印の全権が与えられた。だが十五日の会見で彼は日本側の要求になおも反論し、負担の軽減を懸命にはかった。

償金二億両のうち五千万両を削減してほしいと乞い、拒絶されると二千万両の減額を求めていう。

「老齢の身で千里離れた異国に使節としておもむいた、私の帰途にのぞんでのはなむけとしていただきたい」

伊藤と宗光は李鴻章の要請に、できるかぎり応じようとした。

まず奉天省割譲地の東北部分をさらに減縮した。賠償金は三億両の三分の一を減額し、五カ年賦を七カ年賦に延長した。

通商条約においても開港場七カ所を四カ所に減じ、汽船航行、沿海貿易税においては、国際公法上の最恵国待遇にとどめ、一切の税金免除の条項を廃した。

清国の条約実行の担保として、奉天府、威海衛を一時占領するとの条件も、威海衛のみの占領にとどめ、清国が支払うべきその駐屯費用も年間二百万両を五十万両に減額した。

この結果、講和条約は四月十七日のうちに成立し、たがいの調印をすませた。清国使節団は同日の午後下関を離れ帰国していった。伊藤、宗光らは翌十八日に軍艦八重山《やえやま》で広島に帰り、行在所に参内《さんだい》して、講和談判の状況、条約調印の結果をご報告した。

陛下は深くご満足下さり、伊藤、宗光ら全権大臣のはたらきは帝国の光栄をあらわすに足るという勅語を賜った。講和条約は四月二十日に天皇の批准を経て、内閣書記官長伊東巳代治《みよじ》が全権弁理大臣として、批准した条約を交換するため五月二日に京都を出発し芝罘《チーフー》へおもむいた。

下関条約が調印されたのち、陛下は京都に行幸されるので、閣僚のうちから先発した人々がいた。宗光は肺の宿痾《しゅくあ》を養生のため休暇を賜って兵庫県舞子《まいこ》におもむく。

このとき東京では早くも露、独、仏三国の干渉がはじまっていた。

四月二十日、ドイツ公使が東京で留守居をしている外務省林次官を訪れ、告げた。

「本国政府からきわめて重要な訓令を受けたので、いま国名を申しあげられないが、明日同意見の国々の公使とともに参ります。それで外務大臣か内閣総理大臣に面談したいので、よろしくお取りはからい下さい」

林次官は答えた。

「伊藤、陸奥両大臣は東京におりません。特に陸奥外相は病中なので、何事かは存じませんが明日は私が代理で承りましょう」

ドイツ公使は翌日、林に来訪を予約しながら急用ができたので面談を一日延期したいと求めてきた。

さらに二十二日にも他の公使に支障ありといい、結局二十三日に東京駐在の露、独、仏三国の公使が外務省にきた。彼らは林次官に面会し、それぞれ本国政府の訓令を受けたとして、日清講和条約のうち、遼東《りょうとう》半島割譲についての異議を述べた。

三国の異議は割譲に関する内容が一致していた。露国公使の覚書は次のようなものである。

「講和条件のうち、遼東半島を日本が領有することは、清国首府北京に危険が及ぶおそれがあるうえに、朝鮮国の独立が有名無実となる。このような情況は、極東永久の平和を保つための障害となるだろうと推測する。

このため日本皇帝陛下の政府に誠実な友誼を表明するために、日本政府に遼東半島を領有することの放棄を勧告します」

林次官は三国の干渉を舞子にいる宗光と広島に滞在している伊藤総理に連絡した。

宗光はロシア駐在西公使とドイツ駐在青木公使からの電信により、欧州強国のうちに下関条約に何事かかならず干渉してくる様子があることを察知していた。

彼はその事情をただちに伊藤総理に電信で連絡した。

「青木、西両公使からの電報によると、欧州諸大国から強硬な干渉がくることは、到底免れないようです。

これはわが国が清国に要求する講和条約の条件を、まったく他国に洩らさなかったため、彼らはいまになってはじめてそれを知ったので、干渉をはじめようとしているのです。

わが政府が交渉をはじめるときに、彼らに要求条件を知らせていたならば、そのときに干渉がはじまっていたでしょう。難問題が遅れてやってきたわけです。

しかしいまになってみれば、わが政府はもはや騎虎《きこ》のいきおいでいかなる危険を冒しても現在の体制を崩さず、一歩も譲らない姿勢をとるほかに、とるべき策はありません。総理のお考えはいかがですか。ご本心をお示し下さい」

宗光は伊藤のきわめて慎重な性格を知り抜いていた。

彼は土壇場に立てば、なんとしても危険を回避する手段を考慮し、難局を切り抜けようとする男であった。いったんの感情に走り、暴虎馮河《ぼうこひょうが》の暴発をする短慮の持主であれば、嵐のなかを航海する小船のような日本政府の舵をいままでとりつづけていられなかった。

伊藤へ電信を送った宗光のもとへ林次官の電報が届き、ただごとではない情況が知らされてきた。

ロシアは去年から軍艦を続々と東洋へ回航させ、いまでは強大な海軍力を日本、清国の沿海に集結させている。

欧州ではさまざまの流言が放たれているようであった。

「ロシア政府はすでに極東海域の諸港に碇泊している同国艦隊に、二十四時間以内にいつでも出帆できる準備をととのえておくようにとの内命を下している」

というような噂は、いかにも真実であるかのように思える。

わが政府のとるべき措置は、国家の安危にかかわる重大な情況を乗り越えるものでなければならなかった。

しかし去年の開戦以来、日本陸海軍が屍山血河《しざんけつが》の戦闘をかさね、百戦百勝の戦果をあげ、国民はもとより世界各国の賞讃をうけてきた。それが陛下の御批准まで終えた条約の、最重要の部分を取り消すような譲歩をさせられるのは国家の前途を考えると、胸中に堪えがたい苦痛が湧きおこる、と宗光は思う。

この三国干渉が発表されたときは、陸海軍人はどれほど激怒するか、一般国民はどんなに落胆するか。外国の圧迫を避ける道があるか。国民の憤激をどのようにして鎮めることができるか。

政治の舵はどちらに重点を置くべきか、宗光が迷っているところへ、伊藤総理からの電報が届いた。

「三国干渉の件につき本日（四月二十四日）御前会議を開かれるので、意見を陳述してもらいたい」

宗光はただちに返電した。

「私の意見はおおかたは昨日申しあげておいたように、いまはともかくこれまでの立場を維持し一歩も譲らず、さらに三国の動きをうかがってのち、ふたたび閣議をひらくべきだと思います」

二十四日の御前会議に出席したのは、広島に滞在する伊藤総理のほか、山県陸相、西郷海相だけであった。

伊藤総理の提議はつぎの三策であった。
一、たとえ敵国が増加する不運を招くとも、この際断乎として露、仏、独の干渉を拒絶する。

二、広島に列国代表を招き、国際会議をひらき、遼東半島の問題を解決する。

三、三国の勧告をすべてうけいれ、清国に遼東半島を還付する恩恵を与える。

このうちどの方針をとるべきかを、伊藤は閣僚たちと討議した。出席した文武官僚は、たがいの意見を交し検討をつくしたうえで三策を討議した。第一策はいま全国の精鋭軍団はほとんどが遼東半島に集結し、主力艦隊はすべて澎湖島に移動している。国内の軍備はほとんど空虚である。去年から長期にわたり戦闘を続けてきた陸海軍は疲労し、軍需品もまた欠乏している。いま三国を相手に戦えるはずもなく、露国艦隊と交戦しても勝利はおぼつかないだろう。

そのため三カ国をあらたな敵にするのはどう見ても得策ではないと判断する。

また第三策もあまりに弱気に過ぎるとした。結局列国会議を招請して談判の結着をつける第二策を採用すると、閣議がほぼ決定した。

伊藤総理はその夜広島を汽車で出発し、四月二十五日の夜明けがたに舞子で下車、宗光の病床を訪れ、御前会議の結果を告げ、彼の意見を聞こうとした。

このとき松方《まつかた》正義《まさよし》、野村靖《やすし》両大臣も京都から舞子にきて、協議に加わった。宗光は意見を述べた。

「とにかく露、独、仏の勧告はいったん拒絶して、連中がこの先いかなる策動をするかを見たうえで、外交策によってこちらの立場を逆転させるのも、よかろうではないか」

宗光は自分が強気になれば伊藤が慎重策をとろうとする性格を知っていた。

案の定、伊藤はいった。

「この際いかなる結果を招くかを深く考えることもなく、三大強国の勧告をいきなり拒むのはいかにも無謀ではないか。ロシアが去年以来日本へむけていた態度はいまさらその敵意を探るまでもないことだ。

それを知りつつこちらからロシアを挑発して、先方から争いをおこさせる口実を与えるのは、きわめて危険である。

危機はいまわずかなきっかけにより暴発しかねない情況で、外交上の政策により立場を一転させる方策もたてる見込みがないではないか」

松方、野村は伊藤総理の意見に同意した。宗光は自分の意見を述べる。

「私は貴公がたの御説に従い、是非にもとあれば自説を撤回してもかまいませんが、伊藤総理が御前会議の結論とされた列国会議の第二策は、ご同意を表しかねます。

その理由は、いまから列国会議を招請するのであれば、露、仏、独三国のほかに

二、三の大国を加えざるをえないでしょう。

そしてこの五、六カ国が列国会議に参加するか否かを定め、承諾を得たとしても、実際に会議を開催するまでには多くの月日が必要でしょう。

いまや日清講和条約批准交換の期日はすでに目前に迫っています。ここにおいて和戦いずれの方針をとるか未定のままに時を移せば、時局解決は困難になるばかりです。またこの問題を列国会議に提出すれば、列国はそれぞれ自国の利害を主張してとどまることを知らないでしょう。

会議の議題が遼東半島の一事にとどまるのか、あるいは議論が際限なく枝葉をふやし、各国がたがいにさまざまの注文を持ち出して、下関条約の全体がついに破綻《はたん》してしまうおそれがないとはいえません。

これは当方からの要請によって、さらに数多い欧州大国からあらたな干渉を導きだす拙劣な計画ではありませんか」

伊藤、松方、野村は宗光の説くところを理解同意した。

そうなれば、現在の情勢においては、敵国をさらに増加することを避けねばならないのであれば、露、独、仏三国の干渉の全部か一部を受け入れざるをえないことになる。

わが国は目前に三国干渉の難問題をうけ、清国とは講和条約をとりかわしていないので、三国との交渉が難航すれば、清国は好機到来と見て講和条約の批准をおこなわず、下関条約を破綻させるかも知れない。

そのためわが政府はこの二問題をはっきりと分割するよう努力しなければならないと宗光は主張する。つまり三国に対しすべてを譲歩せざるをえないことになっても、清国に対し一歩も譲らない。この方針を実行することが現在の急務であるとの結論がまとまった。

野村内相はその夜に舞子を出発し広島に帰着。この決議の内容を陛下に奏上し、裁可を頂いた。

その後も宗光は伊藤ら閣僚と今後の方針について協議を重ねた。

「この決議は今後あらゆる計画をつくした後、まったく手段のなくなったときに用いる最後の覚悟として、できるかぎりの談判駆けひきをやらねばならない。

講和条約批准を交換する五月八日までには、まだ十余日がある。われらはまず三国の勧告に対し、くりかえし日本の立場を説明し情理をつくして、彼らの勧告を撤回、緩和させる努力をつづけねばならない。

そうする間に彼らがこの先いかなる行動をとるかを推測できよう。

さらにわれらがこの際に、他の幾つかの大国の応援を誘いこむことができれば、三国干渉の内容をいくらか緩和できるだろう。

またついに三国と戦争を開始するに至ったときも、独力で強敵に対抗するよりもはるかに有利になれる。戦の危険を冒すのはよほど慎重な方針をとらねばならない。とにかく最後の決心はすべての方法を試みたうえでなければ、公表してはならない」

宗光はまず三国干渉を主導する露国の真意を確認することが、もっとも重大であると考え、駐ロシア公使に電訓を送った。

「日清講和条約は陛下の御批准も頂いた現在遼東半島の割譲権を放棄するのは、国家の体面にかかわる難事である。

このため貴官は露国政府に交渉せよ。これまでの日露両国の長年月にわたる善隣関係を断ちかねない勧告が、得策ではないと配慮するならば、いま一度再考してもらいたいと要請するのである。

また日本が将来に、遼東半島を永久占領しても、露国の利益を侵害せず、朝鮮の独立について日本は露国を充分に満足させる方針をつらぬくとの意向を言明せよ」

露国政府は、独仏を勧誘して干渉に及んだのであり、充分に必要な準備をしたうえのことである。

そのため翻意を求めたところで、たやすく応じないことは予測できるが、そうしなければ露国政府の本意をたしかめられず、わが国の応対の態度をきめることがむずかしい。

宗光は露国と交渉する間に英国などの諸大国の内意をたしかめれば、意外な応援を得られるかも知れないと思い、英国駐在加藤公使に電訓を発し、英国政府との交渉を命じた。

「英政府に対し、今度の三国干渉の事実をすべて通報し、満州東北部と朝鮮北部への露国の抱く野心を告げよ。

この件について英国の利害は他の欧州諸国と同一とはいえない事実があると指摘し、現在の形勢がきわめて切迫しているので、日本を英国が応援してくれるならば、どれほどの希望を持てるか、内密に意見を聞け」

さらに米国駐在栗野《くりの》公使にも電訓を発した。

「米国はこれまでの友好関係をさらに一歩前進せられ、遼東半島割譲に異議をとなえる露国に再考を勧告する労をとって頂けるならば、三国干渉は消滅させることができるだろう。

三国が清国をけしかけて再び戦争をさせるような事態を怖れ、内密のうちに米国の協力を求めたいと米国政府に交渉せよ」

四月二十七日、駐ロシア公使は電信で露国の意向を伝えてきた。

「露国皇帝は、日本の請求は露国の勧告を思いとどまらせるに充分の理由がないので、うけいれられないと述べた。露国政府は汽船をオデッサに派遣して、事あれば極東へ派兵する支度をしており、容易ならない形勢です」

同日、ロンドンの加藤公使の電報が届いた。

「英国外相キンバリー伯爵は、この事件につき英国政府は局外中立をとることに決まっていると答えました。自国の利益を考えると、現在の友邦である露、独、仏と敵対するわけにもゆかないというのです」

四月二十九日、栗野米国公使の回電が届いた。

「米国国務大臣は、局外中立の立場において日本と協力することを承諾しました。講和条約批准については、北京駐在米国公使に電訓して、早期の実行を勧告するとのことです」

米国の好意は、たがいの友誼をたしかめるに足るものであったが、局外中立であるからには、戦争が再発したときに頼るわけにはゆかない。

英国政府は四月八日の閣議で、三国干渉は武力で推進されるだろうが、武力をわが国が用いなければならないほど重大な問題ではないとした。日本の実力が露国に対抗できるものではないと、評価していたのである。

# 臥《が》薪《しん》嘗《しょう》胆《たん》

三国干渉がはじまってのち、ロシアの日本に対する示威行動は、もっとも激しかった。臨戦態勢をとるよう命じられているロシア軍艦は、碇泊している日本の各港で、昼夜をとわず汽《き》缶《かん》に点火し、即時出港の用意をととのえ、乗組将兵の上陸を禁じ、戦闘状態にあるかのような有様である。

ウラジオストックでは商人、農民らのすべてを軍役に服役させ、東部シベリア総督のもとに現役、予備をあわせて五万の軍団を編成し、出兵の準備をととのえているとの情報が伝えられる。ウラジオストック軍務知事は、同地の日本貿易事務官に通知してきた。

「ウラジオストックは臨戦地域とすると、本国政府から連絡がきたので、本地域在留の日本人は通知を受ければいつでも立ち退く準備をしておくようお願いします」

またドイツのある新聞は、ドイツ皇帝がロシア皇帝に次の電信を発したと報じた。

「私は貴国海軍中将チルトフの技倆、経験をよく知っているので、太平洋に配置しているドイツ艦隊の司令を彼に依託したいと思っている」

このニュースの虚実はたしかめられないが、とにかくロシアはいまとなっては騎虎のいきおいで、どんな障害があってもゆきつくところまで進もうとの方針をきめたことは、推測できた。

ドイツはこれまで日本と何の反目もなかったのに、突然干渉したがさすがに気がとがめたのか、各新聞に日本に対してはこれまでとかわらない友情を保っているが、やむをえない事情で露・仏二国とともに行動せざるをえなかったという事情を掲載した。

東京駐在ドイツ公使が林外務次官に事態解決のため、今度の干渉につきもし貴国が列国の会議を求めるならば、いつでもその斡旋をしようといったのも、露・仏両国とはまったく違う態度であった。

当時ロシアの「モスクワ新聞」がドイツのビスマルク公が三国干渉に加わることに賛成したのは、極東におけるドイツの通商貿易の利益を守るというような陳腐な考えによるものではない。ドイツの盛運を保つためにもっとも必要であるロシアとの親交を回復して、今後提携してゆきたいためであると内情を明かした。ビスマルク公は断言した。

「ドイツはロシアが太平洋に不凍港を得るために、朝鮮を通って海岸まで鉄道を敷設したい希望をさえぎろうとする理由は、ひとつもない。

ドイツはフランスがチュニジア、インド、アフリカに対しておこなう政略に同意したように、ロシアの東洋に対する政略にも同意して何の被害もうけない。黒海でさえいまのドイツにとってはロシアとの間に利害関係はたいして深刻なものではない。朝鮮海域などに対するドイツの政治方針はいままでは一定不変である。

要するに従来の方針を変えることなく、終局までロシアと共同一致の行動をとらねばならないのである」

「モスクワ新聞」は練達の外交官としてのビスマルク公の手腕を褒めた。自分のロシアに対する好感情と、イギリスに対する悪感情を評価の規準とせず、ただドイツの利益だけを規準とした点を認めたのである。

つまりドイツが危機に直面したときは、その興亡はロシアが味方になってくれるか否かできまる。ドイツは国防強化を欲すればただロシアを頼るほかはないといった。

ビスマルク公がライプチッヒでの演説において、「ドイツ帝国は本世紀の初頭に復帰すべきである」との国民へ激励の言葉を発したことについても「モスクワ新聞」は記事を掲載した。

「ロシアはいまや他国の利益のために、自国の民を疲労させるものではないことを、ビスマルク公もまたよく存じておられるであろう。ロシアとドイツは決してたがいに嫉視《しっし》しあうことはない。

しかしドイツは自国の利益のため、ロシアの政略に口をさしはさみ、本来の動きを変えさせ、友邦と絶交させてドイツの利益のためにはたらかせようとしてはならない」

ロシアの新聞がドイツ政府とビスマルクの胸中を遠慮なく推測し、ロシアの真意を無遠慮に指摘した内容は、ドイツ側に冷汗をかかせたことであろうと、陸奥宗光はいう。

フランスでは明治二十八年六月十日、外務大臣アノトーが議会の質問に、はばかるところもなく公言した。

「日清戦争について、当国が露国とその方針をおなじくしたのは、従来からの両国同盟の結果によるものであります」

ロシア・フランス両国政府はそれまで、両国同盟の事実を公然と発表したことはなかった。ドイツが三国干渉に参加したのは、露仏両国の密接な関係をさえぎろうとした意図によるものであったが、かえって露仏の結束を固くしたと宗光は見た。

三国干渉が突風のように襲来したとき、国民は政治恐慌が視野を塞《ふさ》いだかのようにっていた。

思い、驚きがきわまって反撥《はんぱつ》の声もあげられないほどに、沈鬱《ちんうつ》きわまりない状態に陥

「三国の軍艦が東京、大阪をはじめ国内の要所を砲撃して、焼け野原にしてしまうぞ。そんな大難がきても、国を救う手段はまったくない。どうすればいいのだ」

京都にいる伊藤総理のもとへ、対外硬派として知られる重立った連中が面談を求めてきた。彼らが三国干渉についての話をきりだそうとすると、伊藤は彼らに告げた。

「いまは諸君の名論卓説を聞くよりは、軍艦、大砲を相手として深く相談しなければならないだろう」

彼らは日頃の多弁とかわり、伊藤の言葉にうなずくばかりで、一言の抗議も口にせず、非常事態になんの意見も述べることができなかったと、宗光は『蹇蹇録《けんけんろく》』に述べている。現代文でしるす。

「この連中でさえこんな有様である。まして一般人民はなお打ちひしがれている。ただ怖れおののき、一時も早く国難が消え去るのをひたすら祈るばかりである」

三国の勧告は四月二十九日、京都でおこなわれた御前会議で受諾することが決まった。翌三十日の閣議により三国干渉の内容の一部を承諾し、遼東《りょうとう》半島は金州庁を除き清国に返還するとの方針を林外務次官が、独仏露三国の駐日公使に回答した。

だが五月三日ロシア外相が西公使に、日本が旅順の割譲をうけることに不満の通告

をしたので、翌四日の閣議で遼東半島の永久放棄を決定した。返報を遅らせている と、いかなる事変がおこるかも知れない切迫した情勢であったためである。

五月五日、林外務次官は独仏露駐日公使に勧告をうけいれ、遼東半島を還付すると連絡した。

五月十日に下された還付の詔書には、「友邦ノ忠言ヲ容《い》レ」と記された。日本は明治三十七～三十八年の日露戦争まで臥薪嘗胆《がしんしょうたん》、雪辱の時を待つことになる。

宗光は『蹇蹇録』に述べた。

「このようにして十数日がたち、遼東半島の還付はついに露、独、仏三国に盟約され、日清両国の講和条約は芝罘で首尾よく批准交換を終え、国民はようやく戦争勃発の不安が拭われたことを知り、愁眉《しゅうび》をひらくことができた」

ところが不安から解放された国民は、たちまち屈辱をこうむった憤怒がこみあげてくるのをおさえられなかったと、宗光は冷静に観察している。

「かつて彼らが胸中に鬱積した不平不満の念は一時に噴きだし、昨日まで実力不相応の驕慢《きょうまん》の念を抱いていたのが、今日はこのうえもない屈辱をうけた思いが湧きおこってきて、それぞれ驕慢の高い鼻をへし折られたことに非常な不快をおさえられなくなった。

彼らの不平不満を何らかの形で外へ洩らしたくなるのは、人情の自然である。

ふだんから政府に反対する党派の連中は、このような社会情勢を見ると、たちまちこれを利用しようとする」

宗光はいつに変らぬ彼らの行動に冷静な視線をむける。

「彼らはすべての屈辱、すべての失錯《しっさく》が政府の措置にもとづいたものだとして、おおいに政府の外交を非難し、戦争の勝利を外交で台なしにしたという攻撃の声は四方におこり、その反響はいまも鳴りわたっている」

宗光はするどく指摘した。

「そもそも今度三国干渉のおこった頃、わが外交活動の背後にどんな強い援助を頼める国があったか。下関談判の進行も半ばを過ぎ、講和条約の調印もおこなわれる時期に至り、日本軍は小松大総督が参謀らを率い、ほとんど全国の精鋭を総動員して旅順口に進軍されていた。

軍機戦略の得失をここで議論するのではない。ただ当時の将兵の意気ごみは、一旦黄海の波上を渡り、清国領土に足を踏みいれねば収まらない激しいものであった。

この意気ごみは、当時誰も抑制できない事情であったことを、一言述べておかねばならない。

陸軍は前述の通りである。わが強力な艦隊は、本土沿海の守備をおこなわず遠く朝鮮海域に出征している。

四月二十四日の御前会議は実にこのような形勢のもとで決定されたもので、いまになってその決議が過失であったということはできない。

しかも去年の秋冬以来、欧州列強が日清戦争に干渉する動きを見せたのは一回ではなかった」

平壌攻撃、黄海海戦のとき、あるいは旅順口、威海衛陥落の前に欧州の強国が干渉して攻撃をしかけてくれれば、戦局はどのような変化をきたしたか想像もできないと宗光は説く。

「さいわいに去年七月、牙山、豊島の海陸戦ののち数カ月間、特に清国が懸命に欧州強国に日本への干渉を依頼したにもかかわらず、成功を見るに至らず、低頭平身して国土割譲の条件をうけいれ和議を乞うに至った。

わが征清陸海軍はひたすら敢闘し、北は奉天、山東の地方を占領し、いつでも直隷地方に進撃する態勢をかため、南は澎湖列島を占領して台湾全島をおさえる態勢をとった」

その間に欧州強国から何の攻撃もうけなかったのは、偶然の幸運だったといえるだろうかと宗光はいう。

それはそういえるかも知れない。しかし戦争を終結するときには欧州強国の多少の干渉がくるのは、宗光の予期していたところであった。

明治二十八年一月二十七日の御前会議の席上、伊藤総理は奏聞の際にその予想を洩らした。特に清国本土の割譲地についてのロシアの反対意向は、すでに推測されていた。

そうであればなぜ将来に手放さざるをえない結果に至るかも知れない領地割譲を、無理に要求したのかという者がいるだろう。

宗光はこの問いについて答える。

「私はあらかじめ外国の鼻息をうかがい、いたずらに講和条件を減殺する必要はなかったとのいいわけはしない。その理由は鼻息をうかがうというのは野卑な表現であるが、現在の世界各国がそれぞれ名声、利益を争うとき、さかんに情報を集め、たがいに他国の策謀を探る。あらかじめ相互の交渉をすべて知って、たがいにその猜疑《さいぎ》するところを避け、あとで紛争をおこさないように配慮するのは、外交上重要である。

しかし当時のわが国内の大勢は、われわれにこんな配慮をおこなわせたかといえば、一般国民はもとより、政府部内においてさえ、清国からの賠償は多大であることを欲するばかりであった。

私が広島御前会議において提出した講和条約案を見て、遼東半島割譲のほかに山東省の大部分の割譲を希望するといった人があったほどだから、そのほかにも広大な清国領土を望む者が多かった」

宗光は戦争に勝利を得たのちは強欲をむきだしにする国民の態度を、醒めた筆致でしるす。

「大軍を金州半島に進め、北京城を陥落させるまでは決して和議を許してはならないという者もいる。

戦勝の熱狂は世間に充満して、浮薄《ふはく》な欲望空想はほとんどその絶頂に達したので、もし講和条約のうちで特に軍人の血をそそいで占領した遼東半島割譲の一条を除いたならば、どれほど一般国民を失望させたであろう。

ただ失望させるのみではない。このような条約は当時の世情のなかで、こんなことを実際におこなわせたかと疑う者もいる。

このように内外の形勢はたがいに反撥して、調和することがはなはだむずかしい。しいてこれを調和しようとすれば、かならず内部に爆発した激動の危害は、いつか外国から押し寄せるであろうと推測する事変よりも、さらに重大になると危惧せねばならない。

政府はこの内外形勢の困難に対処し、時局の緩急軽重を比較判断し、常にその重く急なもののため、軽く緩やかなものをあと回しにして、国内の難事はできるかぎり融和し、外国からもたらす難事はなるたけ制限した。

まったく制限できなくても、災難がおこるのを一日でも遅らせようと努力したのは、外交の巧妙なる技術がまた尽きないところがあったと、いわないわけにはゆかないのである」

日本の外交政策がきわめて巧緻《こうち》で、機微をついていた事情を、宗光は繊細な筆致で描写している。

このような内外形勢の逼迫した困難を外交のすぐれた舵取りによって対処した好例として、一八七七～七八年の露土（ロシア・トルコ）戦争の結果、七八年三月三日にサン・ステファノ条約を両国が調印したときの事情を宗光はあげる。

イギリスとオーストリア両国はその前に戦勝国ロシア政府に宣言していた。

「露土条約により、パリ条約、ロンドン条約の精神に反する内容があれば、それを正当の条約と認めることはできない」

ロシアは英墺両国のこの宣言を知っていたが、そのうえであえてそれに違反する内容の条約を批准した。

それはロシア政府がその頃内外の形勢に影響をうけ、そうせざるをえないと判断したからであると、宗光はいう。「ロシア政府は英墺の意向をうけいれたときは、国民のすべてが激昂することを怖れた。その激昂を弾圧することは、なおさらはばかられねばならないことであった」

日本に三国干渉が突然もたらされたのは、日清講和条約期日の直前であった。わが政府は三国と清国の双方に対応する問題を同時に処理するため、あらゆる方策を計画したのち、ついに一刀で乱麻を両断して二つの問題を混乱させない方策をとった。その結果、清国から戦勝の結果をすべて受納し、露・独・仏三国の干渉に対し、ふたたび東洋の平和を攪乱《かくらん》させないよう結着をつけた。

つまり日本は進むことのできる所まで進み、止まらざるをえない所に停止したのであると宗光はいう。彼は『露独仏三国干渉要概』に危険きわまりなかった当時の外交事情を語っている。現代文でしるす。

「この紛糾し入り乱れた外交交渉をわずか二週間でまとめあげ、危機一髪の災厄がおころうとする瀬戸際を防ぎ、百戦百勝の戦果をすべて失おうとする寸前に収めたのは、閣議が事態の変化に即応する判断が的確であったためである。

これは詔勅に示し下さった、『いまにおいて大局に顧み寛洪《かんこう》以て事を処するも、帝国の光栄と威厳とにおいて毀損《きそん》する所あるを見ず』との聖意を奉体したるに外ならない」

五月十二日、宗光は京都御所に参内して病気療養の休暇を請い、翌日から大磯での静養をすることになった。

五月三十日、天皇が東京還幸の日に上京したが、六月五日に賜暇を得て大磯に戻り病床についた。同日に西園寺公望文部大臣が外務大臣臨時代理兼任となった。

同年八月二十日、宗光は日清戦争の功績による叙勲で伯爵、旭日大綬章を授けられた。前年八月、条約改正の功により子爵を授与されて一年に満たず、異例の叙勲であった。

宗光は賜暇をうけ離任する前に、林次官を駐清公使に任じ、戦後処理にあたらせ、後任の次官に原敬を抜擢して、省務を統括させた。

宗光が療養している間に、条約改正は進行していた。英国との条約成立のあと、アメリカ、イタリアとの条約が交わされた。世界諸国との条約はあいついで成立してゆく。日清戦争のあと、日本はいままでは独立主権国家としての条件をすべて整えていた。

清国との戦後処理も順調に進んでいた。

朝鮮の内政は不安定な状況がつづいていた。日清戦争は朝鮮を清国の圧迫から解放し、日本の勢力をひろめるためにおこなったのである。

しかし日本より戦力にまさるロシアが、朝鮮をわがものにしようとする野心があるかぎり、日本の影響力は強まることがなかった。

肝心の朝鮮政府が日本政府の圧迫を嫌い、ロシアに援助を求めているのである。戦後、朝鮮公使となった三浦梧楼は着任後二カ月もたたない明治二十八年（一八九五年）十月、ロシア勢力と通じ日本排斥運動を企てた、李太王妃閔妃殺害事件をおこし、日本の国際評価を汚濁にまみれさせた。朝鮮政府はロシア公使館内に移転して、保護をうけることになり、日本の影響力は低下するばかりであった。

三国干渉により日本が割譲をうけられなかった遼東半島はロシアの租借地《そしゃくち》となった。ロシアはこののち朝鮮、満州に勢力を扶植《ふしょく》した。明治三十二年（一八九九年）から三十四年にかけ、清国白蓮教徒の組織した義和団という武装集団が蜂起し、北京の各国公使館を包囲し海外からの圧迫を排除しようとする事変をおこした。

日・英・米・露・独・仏・伊・墺の八カ国連合軍が義和団を鎮定したが、このときロシアは満州へ大兵団を派遣し、同地をすべて占領し、事変後も支配をつづけた。

結局日本が朝鮮、満州へ進出させてしまったロシアと、明治三十七〜三十八年の国運を賭けた戦争に勝利を得てのち、ようやく彼らを駆逐できたのである。宗光の生きた時代は、諸帝国が全力をつくし血で血をあらう争闘の場で生き抜いた者だけが存在を許される、怖るべき生存闘争の時代であった。日本が帝国として明治、大正の時代を生き抜くことができたのは、伊藤博文、陸奥宗光の外洋の荒波を凌ぐ巧みな舵取り役の、懸命のはたらきがあったためであるといえよう。

明治二十九年二月初旬、病状がいささか快復の兆しを見せた宗光は、伊藤首相に復職をすすめられたが即答を避けた。同月下旬、彼はロシア皇帝ニコライ二世の戴冠《たいかん》式に伊藤が参列するのをとめ、山県大将に書状で「国家のために御奮行を」と伊藤にかわっての出張をすすめた。

伊藤は宗光の意見に従い山県を出張させた。山県は戴冠式に参列する伏見宮貞愛《ふしみのみやさだなる》親王に特命全権大使として随行を命ぜられた。

山県はロシア滞在中の同年六月にモスクワで、ロバノフ露外相と日露協定を結んだ。重要な外交交渉における宗光の意向はきわめて重視されていた。

明治二十九年七月、宗光は雑誌「世界之日本」を、竹越與三郎《たけごしよさぶろう》（一八六五～一九五〇）の編集により発刊した。

竹越は号を三叉という史学者で、慶応義塾中退ののち、「時事新報」や徳富蘇峰《そほう》の「国民新聞」に勤めていた記者で、当時は宗光のもとにいた。

国民新聞記者の頃、貧乏な竹越は外套の裾を切ってこしらえた粗末な上着をつけ外相官邸に出入りしていた。

それが眼についた宗光は、外国公使の訪れてくるところへそんな変な形の服を着てこられては眼障りになると思い、外務機密費から代金を支払ってあげるから上衣を新調したまえ、とすすめた。竹越は怒った。

「機密費は巡査探偵に使うものですから、私はそんな不正な金を使うのは自尊心が傷つくのでお断りします」

「それなら勝手にし給え」

宗光も怒り、竹越を追い返した。

宗光はそのあと手紙を送って竹越を呼んだ。

「あのときはけしからぬ奴だと思ったが、考えてみれば君のいうことが正しい。はじめて君を親友と呼ぶので、これから僕の部屋へ自由に出入りしてほしい」

竹越は宗光が亡くなるまでその身辺を離れることがなかった。

宗光が五十四歳で世を去るまで、三十二歳の竹越は宗光の股肱として尽力した。

宗光が「世界之日本」発刊第一号の冒頭に掲載した論文は明治二十九年に書かれた文章とは思えない新鮮な視線に満ちている。

「かっては日本は日本人の日本であったが、最近は東洋の日本となり、今や世界の日本となろうとしている。

東京湾の水の干満は、ゴールデン・ゲイトの水と相関連するように、日本は国際関係と無縁でいられない」

宗光は外交の術策は巧拙を問うもので、決して硬軟を問わない。時機に応じて迅速に進退の態度を変えるものであるといった。

宗光の病気が小康状態となった明治二十九年四月三日、外務大臣に復職する。同月十四日、議会対策を考慮した宗光は自由党総理板垣退助を、内務大臣に就任させた。

五月三十日、一カ月半ほど執務するうち、また病状が悪化してきた宗光は医師の診断によって辞表を提出した。
外務大臣はふたたび西園寺文相が兼任した。翌日侍従東園《ひがしぞの》基《もと》愛《なる》が陸奥邸を見舞い、酒肴料三百円を下賜された。六月一日、宮内大臣土方久元が陸奥邸で、前官礼遇を伝達した。

六月下旬、宗光は療養のため亮子夫人を同伴し、ハワイに渡航してワイキキ浜で滞在、八月中旬に帰国した。

宗光が刊行させた「世界之日本」は、国際公法の外交知識を国民にひろく知らせ、欧米列強の国民と同水準の知識を与える手がかりをつくるための、陸奥派の機関誌というべきものであった。

発行は開拓社としたが、政府の機密費から補助金が与えられ、宗光が渡欧のときに同行した今村銀行創立者・今村清之助が援助して発刊した。定価は十銭であったが、十三号から十二銭とした。

明治三十年一月五日、新聞「日刊世界之日本」を創刊した。雑誌「世界之日本」は「月刊世界之日本」として半月刊を月刊に変えた。
「日刊世界之日本」は宗光が逝去して間もない明治三十年十月十六日、第二百三十六号で廃刊にしたが、「月刊世界之日本」は明治三十三年三月の第五十六号まで継続した。

大磯で療養する宗光の病状は、明治三十年の夏がめぐってくる頃、極めて悪化してきた。だが同年七月末、坂本龍馬が生きていた頃からの旧友後藤象二郎が危篤に陥ったとの報をうけると、呼吸困難で明日をも知れない状況にある宗光が、「世界之日本」八月号に掲載する「後藤伯」を口述筆記させた。

その内容は日ごろの冴えわたる分析力にまったく衰えがなく、死期の迫った人物の絶筆であるとは思えない。

宗光は後藤への友情を語り残したいために、垂死《すいし》の気力をふりしぼり旧友の事蹟をえがいたが、文章の鋭利な表現はおどろくべき的確なものであった。冒頭の部分をしるす。

「土佐の藩士後藤象二郎が、征夷大将軍徳川慶喜を勧誘して、其二百五十年来占有の政権を京都の朝廷に上らしめんとしたるは、昨日の事と思えしに、今は早や三十年前の昔日談となり、其事蹟の主人公たる後藤伯も六十年の星霜に打たれ、新聞紙は往々其余命幾何《いくばく》もなからんとするを報ず。

夫れ西郷は城山の露と消え、大久保は空しく墓標を清水谷に止《とど》め木戸の名また語るものなく、維新の風雲を鼓動したる者、多くは頽敗老衰、わずかに三、四を止むるに方《あた》りて、此報に接す。

嗚呼《ああ》、耆旧《ききゅう》風塵に老へ、喬木《きょうぼく》皆な秋色あり。思うに伊達自得翁（宗光の父）にあらざるも、此時世の変を見て『何ゆえにものは悲しと眺むれば、萩の葉向に秋風ぞ吹く』と歌わざる者、それ幾人ぞ」

宗光は後藤のような大器が、人生の末路にはなはだ振るわなかったのを慨嘆する。

「其一生の行路が悉《ことごと》く是れ失敗にして、ついにひとつとして酬《むく》われたところのない後藤の伝記を書きしるせば、暗然たらざるをえない。その末路は蕭条《しょうじょう》としたものであるため、世論は多く自分の蒔いた種が悪かったというが、彼の天分を見れば広い胸中にさまざまの性格の者をうけいれる大器であることが分かる。彼の企画が偶然の情勢にそむかれ敗北しなければ、彼の盛徳により築いた大業は、西郷・大久保の上に出て、歴史家に讃美されていたかも知れない」

後藤が大政奉還公武合体運動に失敗したのは、敵味方の区別なくあまりに内懐をあけすけに放言したため、薩長に怪しまれ両藩が連合したためであるといわれる。

土佐藩が長崎に土佐商会という商社をおこし、貿易商社をいとなんだのも後藤の方策であった。彼の下で主任としてはたらいた岩崎弥太郎は巧みに立ちまわり、のちに三菱会社を出現させたが、後藤は政治、経済の中枢からはじきだされた。

国内では政党運動にも加わったが、全力を投入できず、明治十七年十二月、後藤がかねて協力し朝鮮支配権を得ようとした、親日派開化党の首領金玉均が反対党を襲って敗北したので、大陸進出の夢を絶たれた。

窮地に陥った後藤はわが身に迫る破綻の運命から脱出するため、全国を駆けめぐり、自由党、改進党、保守党、中立党のすべての政治家を結集して、老後の思い出に藩閥政府と一戦を交えようと思い立った。

この企ても藩閥政府に一蹴され、後藤は明治二十二年、政府に誘われて入閣した。彼が逓信大臣、農商務大臣を歴任したことは、その経歴を飾るものではなく、彼が団結させた政治家たちは立憲自由党、進歩党を結成した。

宗光はしるす。

「之を要するに彼の事業につき観察すれば、一も成就したるものあるなし。事後の成敗を以て之を論ずれば、彼が天地の間に存すると、存せざると、一の増減する所なきが如く、政治家として遺すべき記念物は殆《ほと》んど一も存せざる也《なり》。

然れども彼は失敗の英雄なり。その事業こそ失敗したれ、その英雄たるの資格は、彼が稍々《やや》有するを否定すべからず」

後藤と言葉をかわしてみれば、談話の内容が壮快であり、無頓着放胆で何事も難事でないというえに、気持がひろびろと明朗、放胆で、沈鬱の気配がまったくないので、その魅力にひきこまれないではいられないのである。

ことに国家、憲法政経についての談話では、一般政治家はほとんど杓子定規に陥るほどに意見が固着している。

どんな政治家でも語りはじめると陛下の威霊をあがめ奉り、国家の得失につき愛国者然として長広舌をふるおうとする。

そんな日本の政界で後藤は信条、定見といった拠りどころを持たず、臨機応変の話題を自由に語り、長所と短所をあきらかにあらわしてためらわない態度は、めったにお眼にかかれない豪気であると、宗光は褒めた。

「試みに彼と語りつつ眼をつむれば、彼は明治時代に生きている人物ではなく、晋末《しんまつ》の六朝か、唐末《とうまつ》の五代に活躍した怪傑が、たまさかわが国に出現したのかと思うのである」

後藤が英雄の資質をそなえながら、その企てにひとつとして成功できなかったのは、秘密にしておかねばならない大事を相手かまわずしゃべりまくる。そのため対抗勢力にあらかじめ対策を講じられたからであると、宗光はいう。

後藤が何事を企てても内懐を探知されてしまう粗密不用意のため、失敗したことを、宗光はあたたかい友情をこめて語った。

「ただ百敗千挫の中にありても、なお前途の計画を夢みて、常に勝利の顔前にあるかの如く談笑するの一事に至りては、当今政治家の気魄到底、得及ぶ所にあらざる也。恐らくは此種の政治家は、今後之を得ること益々容易ならざらん。我輩は其加餐《かさん》してなお永久に明治年間の一装飾たらんことを望むや切なり」

明治三十年の宗光の病状は重くなっていた。板垣が自由党総裁を辞任した三月頃から宗光を後任にかつぎだそうとの運動がおこり、来客がふえたので発熱することが多かった。

# 旅立ち

重病の床についている陸奥宗光は、明治三十年三月になって体力は衰弱しきっていても、強い気力を保っていた。

自由党の重鎮松田正久が訪ねてくると病床へ招き、八時間にわたり密談を交した。談話の内容は宗光を自由党党首に推選する相談であったといわれる。

陸奥内閣の成立は、眼前に接近しているといわれていた。天皇のご信任をいただけるか否かの問題と、薩閥の障害が懸念されたが、宗光は総理大臣の座につくべき功績を築きあげていた。

彼は体力を保持できるなら、自由党党首になると決心していたようである。当時竹越與三郎は、北陸、東北の旅程、各地の有力者の名簿を調査、整理していたが、宗光が地方遊説の準備を進行させていたのである。

彼は病床でも鉛筆を用い、「世界之日本」に寄稿する論説を書きつづけた。同誌明治三十年五月一日号に「諸元老談話の習癖」という論説を寄せている。伊藤博文、板垣退助、大隈重信、後藤象二郎、井上馨、山県有朋の談話の特徴を列記するうちに、自分の性癖についても語っている。

その内容を現代文でしるす。

「陸奥は伊藤、大隈と同様に談話を好む。しかし彼はともすれば多弁になりすぎる傾向があり、伊藤のよくあらわす講釈のような談話はしないが、議論癖があってしばしば口角沫《こうかくあわ》を飛ばして他人と争論することを好む。

言い負かすと勝ったいきおいに乗じ、相手を追撃してやまない。彼の論旨は証拠をそなえきわめて明晰で正確であるため、討論の相手は反駁《はんばく》できなくなる。

このため相手は不平不満の念を、胸中に鬱積させることになる。しかし陸奥はそのように雄弁に相手をやりこめる習慣があるにもかかわらず、話題を選ぶのにすこぶる慎重で胸中の秘事を他人に察知されるようなことに触れず、うっかりと洩らした内容をのちの証拠とされるような事柄は語らない。

陸奥が日英条約改正談判をおこなっている間に、愚老（筆者が他人である老官人の立場で語っている）は偶然枢密院で彼に面会したことがある。

彼が登院すると顧問官たちはいつも、条約改正進行の様子を聞きたがった。

陸奥は彼らの質問に対し、淡々と何事も隠蔽《いんぺい》していないような口調で、談判の様子とかその成りゆきを詳しく説明し、数時間口を閉じないことがあった。

しかし極秘を要する外交上の機微については決して洩らさない。そのため彼と長時間対談したあとも、彼がどのような外交の秘策をめぐらし、重大な国際問題である談判をまとめるつもりであるかは、誰も推察できなかった。

これが日英新条約の当事国双方が調印を終え、批准交換をしたのち官報で公布されるまで、外部の何者にも進展を察知されなかった結果につながった。

この秘密を洩らさない方針が、それまで条約改正にたずさわった高官が失敗を重ねるなか、陸奥一人がこの大事業を成し遂げることができた原因である。

彼は放胆であるように見せかけて、実際はきわめて小心な人物であった」

宗光は自分が小心翼々とした人物であると思っていたことを告白する。

だが彼が「世界之日本」に記載する論説においては、これまで秘匿してきた本心をあらわすことをためらわない。長年にわたる同志であった人々への批判もためらわず指摘する。

条約改正、三国干渉において表裏一体となり協力しあった伊藤博文にさえ、その才能について冷然たる評価を下した。

「伊藤侯は有名な弁論家である。その演説は論旨が正確、弁舌が流暢で態度が端整である点では当代屈指の雄弁家である。彼は来客と談話を交すのを好み、数時間たてつづけに話しつづけて倦《あ》きることがない。

しかし彼の談話は他人に教え聞かせる講釈のようになり、他人に何の発言もさせないままに終る。

彼の談論に感心して多少の利益を得たと思う人も多いかも知れないが、長い話にくたびれる人も多いだろう。彼はしばしば自分の過去の経歴を語る癖がある。彼のもとへ出入りする人々は、かならず彼が年少のとき英国に留学し、その間に各国軍艦が下関を砲撃するとの噂を聞き、旧友井上馨とともにただちに帰国、馬関戦争の講和談判にはたらいたという回顧談をおしなべて四、五回も聴かされたことであろう。

もっともこれらの談話ははじめて聞けばたいそう興味をひかれる内容で、少年たちにとってはいくらかの教訓にもなることだが、くりかえし聞かされては聞き倦きてしまう。

これが彼の談話の一癖であるが、これによって彼が雄弁家ではないということにはならない」

生涯の危難に際し助力救済してくれた伊藤の他人の言を用いず自己主張の強かった欠陥について見逃さない。

宗光の胸中には長州閥の代表者であった伊藤に対する羨望と嫉視がひそんでいたの

かも知れない。

土佐民権党の首脳として活躍する板垣退助について語る。

「板垣は二十年来民権家として全国を奔走し、檜舞台を幾度も踏んで演説をおこなっただけに、内容は雄大というほどではないが、耳を傾けさせる迫力がある。

しかし彼もまた談話のうちに、伊藤と同様に自分の体験した過去の経歴を述べることを好んだ。栃木県今市で幕府脱走兵と戦い、母成峠《ぼなりとうげ》で会津の強兵を撃破した話、高知藩大参事を務めるときから四民平等民権自由説をひろめ、藩政改革をすすめたというような話を四、五回も聞かされては倦きてしまう」

宗光は過去の履歴を語るのは、聞く者のためになることもあろうが、昔話よりも現在から将来への展望を語るほうが興味をひかれるという。

昔の功名談を語るのは、墓地から古骨を掘りだして洗うような殺風景なことであると考えるのである。

「大隈は議論に冷えては熱を帯び、弛《ゆる》んでは緊張する話法を用い、聴衆の興味をひく。彼の話法は伊藤と同様に講釈をするような、教師臭がするが、伊藤のように聞き手が一語も発することができない、押しつけがましさがなく、話相手の議論を聞き同意することが多い。このため話相手も応酬の楽しみを味わうことができる。

大隈は自分の功名談も語るが、過去、現在、将来についての抱負を語り、聞く者を感心させた。だが彼の功名談は、事実とは違い、虚飾大言しているとしか思えない内容の談話をした。自負心が過剰になり、事実を捏造《ねつぞう》したのではないかと疑われるほどの法螺《ほら》を吹くに至ったのであろう」

井上馨の談話の習癖についても、独特の観察眼をあらわす。

「井上はさすがに行動力に評判の高い人物であるだけに、その談話は快活流暢といえるほどではないが、好んで人と対話をする。

そのとき自分の来歴をあまり自慢せず、他人に嫌われない。また大隈、後藤のように将来の問題につきさまざまの意見を述べないところが彼らと違っている。

つまり彼は現実に起っている問題につき談話するのみである。彼は口数のすくない人物とはいえないが彼の心中に論理的に整理された観念により、あらかじめ談話の内容をまとめておくようなことは、まったく不得手である。

彼はそのため長広舌をふるい飽きさせることがないが、談話の間にいつのまにか演説の本旨から離れ、枝葉の事柄についての説明に深入りし、ついには聴衆たちが井上の語らんとするところが枝葉の小問題であるのか、本旨として掲げる大問題であるのか、判断できなくなる。

彼は談話に熱中してくると、他人に口をさしはさませず、生来短気な人物ではないのだが、談話の間に他人が話しかけ、質問してくるとき、その内容を誤解し激昂することがある。

彼の現実問題についての談話は、事情を明晰に分析し、聴衆に眼前の露を払わせる効果をあらわすことが多いが、時としてまったく本旨と辻褄《つじつま》のあわない、枝葉から枝葉へわたる話に終始して、聴衆を五里霧中にさまよう思いにさせることがある。

彼と長時間にわたり話しあっても、彼がどんな内容の意向を述べてくれたのか、さっぱり把握できないままに終ることになる例もめずらしくない」

井上が論旨を明快に伝えられないまま、主題の説明をするとき、話が脇道にそれてしまい、それを主題に戻すことができなくなる笑い話のような状況を、宗光は巧みにとらえている。

山県有朋についても、彼の弱点をするどく指摘する。

「山県は一見寡黙《かもく》な人物のように見えるが、決して談論を好まないことはない。ただ彼はもっとも内心を外にあらわすのを嫌う人物で、発言するときは一言一句にも気をくばり、あとで災いを招くような発言はしないよう努力している。

ことに自分の品位、外見を傷つけるような言語をつつしむよう汲々としているので、その談話はどうしても乾いていて、その意をつくすことができず、聴衆は彼の言葉のなかばを聞き、なかばは自分が推測しなければならないような感を抱かされてしまう。

彼の談話を聞いたあとで子細に分析すれば、いわんとする趣旨が、たしかにこちらに届かない不徹底な表現に終始することがある。井上は無用の説明が多過ぎて、主旨を混乱させ、山県は簡単にすぎて主旨の説明がゆきとどかなくなってしまう」

諸元老の談話の巧拙をあげつらう、宗光の辛辣な批評は微に入り細をうがっている。

「松方伯出身始末」という論説では、松方のような智慮がはなはだ疎雑《そざつ》で、その判断力がはなはだ乏しい人物でも、首相の地位につけるという一大不思議が出現するのは、薩閥勢力を背景にしているからだと、正面からの藩閥攻撃をはばからない。

松方のような者は、薩長閥の情実に押したてられねば一俗吏に過ぎず、彼がつとめた業績は、薩長間の連絡をとる電線に過ぎないと罵るのである。

宗光が「世界之日本」明治三十年三月一日号に掲載した「古今浪人の勢力」という論文には、藩閥政治は崩壊し自由民権運動が発展する。近い将来かならず自由民権を主張する浪々の民間人たちが政権を手中にできると、確言した。彼は自分の病状をもかえりみることなく、政党内閣を発足させようと考えていた。

前記の論文を現代文でしるす。

「元亀天正の頃は、諸大名が割拠し抗争をくりかえしていた。譜代の郎党だけでは戦力に乏しいので、戦力としての技能のある浪人があれば、その者を先を争って召し抱えるのが常であった。

槍一筋と一通の戦功感状を持っていると、諸侯に招かれ戦場でめざましい手柄をたてれば、さらに功名心を満足させられる。

主人の扱いが気にくわねばそこを離れ、他の主人に仕えればよい。徳川の家来として待遇に不満足であれば、豊臣秀頼のもとで大坂城に籠城するのも自由である。

そのためこの時代では技能があるのに不当な待遇に耐えねばならない浪人は稀れであった。だが徳川幕府十五代の間は天下泰平で、幕府諸侯は所領を持ち、多数の家来に食禄を与え、あらたに才能のすぐれた浪人らを召し抱える余裕がなかった。

このため各地の文武にすぐれた浪人はどこへいっても召し抱えられず志を達することができず、鬱憤のあまりに世間に不平を抱くようになる。

結局腕力で社会を動乱にひきこもうとする。あるいは議論によって政治の弊害を説き、幕府を困却させた例はすくなくない。

島原の乱をはじめ由比正雪、丸橋忠弥、山県大弐、大塩平八郎ら、それぞれ抱負は異なるが有為の才をそなえていても、はたらきをあらわす場を得られないため激発した人材は多数である。

このため徳川幕府二百五十年間の政治は、大体智勇兼備の浪人たちをおさえる工夫に終始したといっても過言ではない。

この二百五十年を三分割すると、はじめの百年は元亀天正の余勢に動かされ蜂起しようとする浪人を鎮圧する時代で、つぎの百年はこの浪人たちが文学経書の学問を身につけ、腰をかがめ威勢のある役人に媚びへつらい、時流に乗る機をつかもうと試みた時代である。

彼らは胸中に俗世の組織を嫌う思いを秘めているので、召し抱えられた大名家で御家騒動をしばしばおこした。

つぎの五十年はいったんは腰をかがめ時勢に同化しようとしていた浪人が、同化しても到底功名をたて出世を遂げることができないと覚《さと》り、局面を打開して時勢を一変させ、風雲に乗り実力を振るおうとした時代である。

この第三期にあらわれた浪人こそ、腕力と智略を兼ねそなえた浪人であった。徳川幕府は最初の間は使い慣れてきた政権の手段によって、これらの浪人に対ししきりに極刑を加え、絶滅させようとした。

だが彼らを全滅させるのが至難であると知ると、浪人のうちやや飼い慣らしやすい者を誘惑買収して、彼らの不平を慰めようとした（壬生《みぶ》浪人新選組などはその一例である）。しかし徳川幕府はその政策をつらぬくことができず、滅亡せざるをえなくなった」

幕府が滅びたのは、尊皇攘夷の大本山として維新功業を成し遂げた第一の存在である薩長両藩が多少の資金援助をして、浪人たちが世間を荒らしたときに逃避する隠れがを与え多少の資金をやり手なずけたためである。

その結果、幕府は不平浪人たちの鎮圧に悩まされたあげくに尊攘派に敗れ、薩長は維新に成功したと宗光は指摘する。

「皇政維新を浪人勢力の操縦により成し遂げた薩長両藩は、最大の功臣として国政に最大の権力をふるったのは、明白な事実である。

しかし島津家、毛利家がこの際徳川氏にかわり征夷大将軍となり、天下の政権を掌握するまでに野心を遂げなかったのはなぜか。

当時日本の内外の形勢は非常に険しく切迫していたが、この両藩主はともに尊氏、信長、秀吉、家康のように正邪善悪を問わず自力によって自己の主張を実行したのではない。部下あるいは庇護を加えた浪人らが主張する尊攘論に同意して行動し、ようやく功を奏したのが実情であった。

つまり天下は浪人の天下で、最初から薩長が国政を手中にできなかったのであった。

こうして尊攘党という不平浪人の巨頭となり、維新以前にわが身をわが主張の犠牲として、運動の途中で非命に倒れた者の数ははなはだ多かった。

しかし維新を切り抜け生きのびた者も少なくなかった。薩摩の西郷、大久保、長州の木戸、広沢ら不平党の巨頭らをはじめ、各藩各地に散在していた同志らはいずれもいわゆる維新の盛運に乗って、いまはそれぞれ顕要の職につき、ここにはじめて積年の志を達した。

不平浪人のうち能力に劣った連中もその能力に応じ相当の地位を得たので、維新後しばらくの間は浪人らの不平の声も聞くことがなかった。

しかしいつの時代でもすべての不平党を絶滅させることはできない」

宗光は人類の常道としてひとつの不満が消滅するとほとんど同時に、別の不満をとなえる分子が生じてくると指摘する。

「薩長らの呼び集めた不平党が、ようやく彼らの志を得ると、往々放《ほう》恣《し》専《せん》横《おう》のふるまいをはじめ、かつて彼らが徳川幕府を攻撃したときとおなじ情況を、ふたたびつくりだす。

そうするうちに世間に新政府を敵視する不平党が出てくるのも当然である。こんどの不平党は彼らの仲間のうちから出てきた。まったくおかしいことである。

その主なものは肥後の神風連、佐賀の江藤一派、山口の前原一誠。その上に新尊皇攘夷を標榜する不平党の頭領西郷隆盛は、薩摩、肥後の子弟を率い、ほとんど十カ月にわたり九州を動乱の地と化した。

これらの不平党は武力をふるい叛乱をおこしたが、政府は優勢の兵力によって彼らを撃滅できた」

これらの武力蜂起に先んじて、明治六年に征韓論によって内閣が分裂したのち、自由民権運動がおこっていることを、宗光は指摘する。

「板垣（退助）らが同志を結集してこしらえた民撰議院は、腕力を用いず議論によって不平党をつくり、政府に反抗しようとした。

この新不平党に結集した者はその資質が雑多で、立論の根拠にはなはだ浅薄であったが、彼らは自由民権説に頼って専制政府を改革し、立憲政府を設立する希望を抱いていた。

その内幕からいえば彼らが自由民権説をとって薩長藩閥政府を転覆しようと願っているのは、薩長政府の元老たちが尊皇攘夷論によって徳川政府を攻撃した前例と同様である。

人心は昔も今も変らない。かつて徳川幕府の虐待に圧倒された薩長政府元老は、彼らがかつて幕府からうけたと同様の圧政虐待によって自由民権の不平党を撲滅しようと苛烈な政策を断行したことこそおかしくてならない。

政府は明治十年に起きた西南の役終結後の鎮台兵力の充実を背景に自由民権家を弾圧し、多数の国事犯者が牢獄に呻吟《しんぎん》させられた。

その数はおびただしかったが、かつて西郷隆盛に従った腕力をふるう不平党を撲滅できた政府も、いま板垣退助に属する議論の不平党を征伐する名分がなくなってしまった。

時勢変化の流れの力はもっとも強いのである。それだけではなく、北海道開拓使官有物払い下げ事件により、政府大官の大隈が辞職し、新不平党を結成するに至った。政府はこの情勢を対岸の火災と見て傍観無視できず、自由民権を主張する不平党に一歩譲るに至った」

宗光は明治十四年に国会開設予約詔書が渙発され、明治二十三年には立憲政府の初舞台である第一国会が開かれ自由民権の不平党が国会議員として、活躍するに至った時勢の流れを指摘する。

「この新国会の議員は自由民権の不平党が多数を占めたが、政府はなお負け惜しみの姿勢を崩さず超然主義をとなえ、議会の裁決などかえりみないといいたてた。

議会の過半はすでに不平党であるのに、政府は彼らを黙殺しようとした。政府は解散、組閣をくりかえしても、超然主義の態度を変えず、議会と衝突すればそのたびに議会を解散させ、あるいは議員を買収してわずかにその命脈を保った。

明治二十七〜二十八年日清戦争がおこると全国人民は戦捷《せんしょう》に酔い、不平党議員も陳腐な民権論をくりかえすことをやめ、民衆とともにジンゴイズム（愛国好戦主義）を唱えたため、伊藤内閣は第九議会で自由党と提携した。

その結果、第九議会は無事閉会したが、内情は伊藤内閣が不平党を分裂させ、その一部と提携して他の一部を圧迫したことで成功したのである」

宗光はそのような事情が、皇政復古の運動が成功して維新に至ったときの政情と似ているとして現在に言及する。

「いま松方内閣は第十議会にのぞみ、激戦をおこなっている。彼らは裏面では議会の多数を得たいと動いている。

議会の中心である進歩党は大隈に率いられ、どんな状況でも政府と密着しているが、進歩党だけでは議会の多数を占められない。

そのため近頃しきりに買収密約が横行し、自由党、国民協会のなかから脱党者を出し、しだいに自党に吸収しようとする策略は、着々と進行しているようである。

その運動で政府が巨額の金銀を費やさねばならないのは、いうまでもなく、ついには数多い官位を好餌としてつなぎとめねばならなくなる。

この策略は幕末の政治家が討幕派浪人の中から佐幕派の新選組を抜きだしたのと同様である。

松方内閣は非藩閥の不平党から藩閥の味方を招集しようと暗躍している。彼らは懸命に努力しており、黄金の力は小さくはないが、昔の壬生浪人新選組らが幕府を滅亡の淵から救おうとして力不足であったことを考えれば、松方内閣の味方党となった者も内閣の滅亡を救うために、どれほどの力を発揮できるかは、深く疑わねばならない」

宗光は維新に活躍した浪人の中に格別に尊敬しうる人物が、わずかに数人のみであったのと同様に、近頃の政党人の個々の才能を見れば、高い評価を与えることができないという。

「いわんやいまの政党そのものが本来黄金により養われる寄生虫のような運動をつづけるうちに、その党員が浮萍《ふへい》のような進退をするのは当然であろう。然しかつて尊皇攘夷論が一世を圧した事実を思えば、いま自由民権、非藩閥論がついに最後の勝利を占めることになると信じないわけにはゆかない。

そのため松方内閣が小刀細工をもって、もとより節操堅固でない連中の良心を麻痺させようやく味方にひきいれた成果が、どれほどのものかを疑う。また十数年間非藩閥の運動をつづけてきた志士たちが、幾何《いくばく》かの金銀、俸給のために素志をひるがえし、敵に膝を屈するに至ったことを残念に思わずにはいられない」

宗光はすでに彼の内部に定着した将来への予測をうちあけずにはいられなくなった。

「しかれども吾輩は断言する。自由民権の勢力は一定の規模に至らなければ決して停止しないものである。自由民権を主張するいまの浪人諸子に呼びかける。

諸子の進行中に多少の反動を招き、多少の障害を受けることはあっても、最後の勝利はかならず当方にあって政府にはない。

進歩改革が社会の常道であるからには、浪人は常に勝つ。永久に勝つ。浪人の勝たない社会は滅亡化石の社会である。天地の間に一定の法則があることを信じれば、勝利はついに浪人が獲得するのである。

どうしてしおたれて、藩閥の食い散らした残りものの酒肴に首を垂れるようなことがあろうか」

宗光は明治政府の指導者として、伊藤博文とあいたずさえ、日本を西欧列強の植民地に転落させず、産業革命による国力の懸隔《けんかく》を埋め、議会政治が軍国主義により窒息させられるまで、国力発展を継続させる基盤を築いた。彼は徳川幕府が元禄元年（一六八八年）に建てた湯島聖堂で、儒学《じゅがく》の正統とした朱子学《しゅしがく》を学んで育った。

朱子学は南宋の朱子（一一三〇～一二〇〇）が儒学の注釈をなし遂げたのち、彼の解釈に従う学派である。

その内容は孔子《こうし》、孟子《もうし》らの儒学思想のすべてを整合一致させた新解釈で、明国、李朝朝鮮は朱子学を儒学の正統解釈とした。

儒学は孔子（前五五一～前四七九）以後、中国文明の倫理の真髄であったが、キリスト教、イスラム教が預言者によって天の神から与えられたように、神がほしくなった。

このの ちも孔子という人の語る倫理に従わねばならないのかという不満にこたえ、朱子は神のかわりに天から発した万古にわたり変らない「道」があると説く。

人が生まれると、その体内にも「道」がある。それが天が人間に与えた「理」で、仁義礼智信という人の「性」となってあらわれてくるというのである。

人の生涯はすべていつまでも変らない天の道を歩み、誰の心中にも良心が宿っている。人の行為は誰も見ていないときでも天が知っていると朱子は説いた。

荻生徂徠は朱子学について批判した。孔子、孟子は朱子の解釈のようなことを説いてはいない。「道」という言葉はいうが、それは堯《ぎょう》、舜《しゅん》など古代の聖王の道を指す。

宗光は山形、仙台監獄で草案を著述した『資治性理談《しじせいりだん》』に人性の根源に善根とか悪根とかはない。欲があるのみだと、リアリストの視線をそそいでいる。

「人は原始時代から自然災害、外敵襲来の脅威をうけてきたので、宗教、政治に頼るようになった。忠義などというものは、弱肉強食の別名に過ぎない。

人は生まれるとき、支配者と被支配者の区別を持ってきていない。わが身をなげうち他人の犠牲に捧げるのを、よろこぶ者などいるはずがない。

だがそうすることにより強者の保護をうけられる。そのうちに弱者が自分の欲望の一部をあきらめ、強者にさし出さないと、強者の欲のもとに自分の全部を奪われることになりかねない。その結果、忠義という行動が出てくるのだ」

忠義は日本が太平洋戦争に敗けるまでは、国家の最高道徳、儒教においては天道とされる真理といわれた。

ダーウィンは地球にさまざまな生物が存在する理由を追求し、ルソーは誰が所有権をこしらえ、土地に線を引き領分を定めたのか疑問を追求し、マルクスは利潤がどこからきて誰に所属すべきものかという疑問を解明した。

宗光は『資治性理談』で人類の性は二つに分かれているという。第一の性は欲望の充足で、公平、平等の観念は人が幸福に暮らしたいという欲望から生じた第二の性だと指摘する。欲望のなかに楽を求めるものと、苦を避けようとする二種類があるという。

討幕運動に参加した志士たちは、朱子学に知行合一《ちぎょうごういつ》（知識を行動に移す）の実践をとりいれた王陽明《おうようめい》（一四七二～一五二八）の陽明学の主旨に従い、尊攘運動に挺身した。

宗光は危険な行動をとらないので、「陸奥のごとき小人」と罵《ののし》られたが、どれだけ一人で知行合一しても、日本の近代化に貢献しなければ志士としての責任を果たせないのである。

儒学から発した陽明学の理論は自己完結の境地にある。自分の人格が一点の疵《きず》もなく完成すれば、それが社会に生きるすべての人の幸福になると信じることができれば、何事も悩まずに生きていける。

国民を悩ます貧困、世間の批判の声をも気遣わない。その思想に養われて万人のうえに聳《そび》える典型となった西郷隆盛は、維新の立役者となったが、日本近代化のために尽くすところは大きくはなかった。

明治三十年八月一日、天皇、皇后から宗光へ見舞いの葡萄酒などを下賜された。原敬は八月十二日、十四日、十六日、十八日、二十三日、二十四日に大磯別邸の宗光の病床を訪れている。体力衰弱してほとんど談話を交せず、十六日に宗光の長男広吉、岡崎邦輔と看護婦が抱きおこし、ようやく面談した様子を二十四日付の日記にこまかく記しているので、その抜粋を述べる。

「(原は) 外務省をやめ、大阪毎日新聞社の社長になる話がきまっていたが、陸奥はこれを聞いて大いに安心したといった。それから多少雑談したあと、陸奥はこれから食事をするという。

ふだんならば食事中面白い話をして聞かせるのであるが、心の中で、これが最後だと思うと、平気な顔をよそおって話しつづけることもできず、また陸奥が病苦を忍んで話すのも見るに堪えなかった。

自分は、数年来、公私ともにどんなことでも相談してきたので、陸奥の意見は聞かなくても知っていた。それで、これ以上長話をし、陸奥を疲れさせてもいけないし、お互いにますます悲しくなってもいけないと思って、大阪行きは来月だから、また、ときどき参上しますと言って部屋を出た。

階段を降りようとすると、陸奥が呼んでいるというので、また部屋に入ると、大阪でどういう方略でいくか、もう一度話を聞きに来い、と言う。私は、それは現地に行ってみなければわからないが、ゆっくり考えた上で、もう一度ご意見を伺いに上がります。またこれからも、ときどき来ます、と言った。

陸奥は、まだ、私に話しかけたそうであり、別れるのがいやだという表情がありありと見えた。

私もまた、もっといたくもあったが、涙がこみあげてきて、座に堪えなかったし、陸奥家の人々が長話を好まないだろうと思って、我慢して、別れを告げた」

八月二十一日、宗光は正二位に叙された。八月二十四日、痰が喉にからまり午後三時四十五分、国家の基盤を固めた功臣の魂は、蟬《せみ》の鳴きしきる空へ駆け去っていった。

（了）

# 解説

東えりか

二〇一八年五月二十六日、津本陽が亡くなったという一報が流れた。享年八十九。一九六六年、三十七歳で文芸雑誌「VIKING」の同人となり作家デビューをしてから五十年以上のキャリアを持ち、剣豪小説や歴史時代小説の世界で独自の分野を築き上げた巨星がひとつ消えた。

四カ月後、都内で開かれたお別れの会には、編集者や作家仲間など大勢が訪れ、思い出が語られた。

その様子を伝えた日本経済新聞（二〇一八年九月二十七日朝刊）によると、同時期に直木賞選考委員であった林真理子氏は「直木賞選考の場で頼りにしたのが津本先生。歴史・時代小説が候補になると、先生がどう考えているかをみんなが気にした」と語り、同じく中山義秀文学賞の選考委員を務めた安部龍太郎氏は「作家が伸びるためには何が求められるのかという視点で批評をされた」と振り返った。

律義な人柄でもあり、東日本大震災の被災地支援、中山義秀先生への恩返しとして選考会が開かれる福島県白河市まで、車いす姿で駆け付けたことも紹介された。

織田信長を描いた大ベストセラー『下天は夢か』（角川文庫）などで相談を受けていた歴史学者の二木謙一氏は「津本先生は文献に目配りしながら、天性の文章力とイメージ豊かな構想力で、知性ある読者の要求に応える作品を書き続けた」とたたえた。

ところが思いもかけない一面も持っていた。

剣道三段、抜刀道五段の腕前を持ち、塚原卜伝、柳生新陰流の柳生兵庫助、示現流の創始者東郷重位、北辰一刀流の千葉周作ら剣豪の小説で多くのファンを獲得した津本には豪放磊落なイメージが似合う。だが実は違うのだ、と『巨眼の男　西郷隆盛』（集英社文庫）を連載していた当時の小説新潮編集長、校條剛氏は隠されたエピソードを明かしてくれた。

西郷隆盛の取材で奄美大島に行った時のこと、その日の泊まりはかなり不衛生な印象のホテルだったようだが、翌朝、津本は逃げるようにそのホテルを後にした。そのわけはこうだった。

――津本さんはおそらく「異常」と他人からは見られるくらいの清潔好きであったのだ。旅行鞄のなかには、一式消毒セットが入っていて、ホテルの部屋に入るやいなやそれを取り出すという。まずは、スリッパをアルコール綿で拭く。次に大事なのは、洗面所とトイレだ。とくにトイレの便座はやはりアルコールで丁寧に消毒する。そのあとは想像でしかないが、およそ前泊者が触れたと思えるところには、アルコール綿を押し当てていくのだろう。そういう一連の消毒行為が終了した時点で初めて、荷を解いて、休息することができる。

ところが、昨日のホテルといえば、そうした消毒さえ無駄な行為に思えるほど「ひどい宿」だったというわけだ。──（「ｈｏｎｙａ」ホームページ「ポテトサラダ通信29」）

豪胆と繊細の性格を併せ持つ作家は、その作風もまたダイナミックでありながら、細かい描写や時代背景にこだわった。

一九七八年、『深重《じんじゅう》の海』（集英社文庫）で第七十九回直木三十五賞を受賞。明治時代、紀伊半島に古くから伝わる捕鯨漁法と遭難事故を取り上げたこの作品は、発表から四十年の時を経ても古びることはない。

作家の伊東潤氏は追悼文の中で、こう綴っている。

──私が最も好きな小説作品は『深重の海』であり、その世界観に圧倒されて山田風太郎賞受賞作品の『巨鯨《きょげい》の海』（光文社時代小説文庫）を書いた。（中略）

一度だけお話しさせていただいたのは、二〇一三年六月の歴史時代作家クラブ賞授賞式においてである。その時、控室で初めてお会いし、四月に発刊されたばかりの『巨鯨の海』について語った。津本さんは「そうなの。僕の作品がきっかけになったの」と驚かれたので、私は「『深重の海』の世界観にもっと浸りたくて、自分で書きました」と答えたところ、「僕も手本にされる立場になったんだね」と感慨深そうに語っておられた。その時、作家生活を振り返るかのような目をしていたことが、今でも印象に残っている。――（産経新聞二〇一八年六月四日）

単行本『叛骨　陸奥宗光の生涯』は二〇一六年九月五日に上下巻で上梓された。月刊「潮」に連載していたのは二〇一四年二月号から一六年四月号まで。津本陽最晩年の、小説としては最後の作品となる。実に八十四歳から書き始め八十七歳で完結させた執念の一冊と言ってもいいだろう。

津本と同じ紀州出身の稀代の政治家、陸奥宗光が明治三十年に亡くなるまでの五十三年の生涯を、生まれてから死ぬまですべて書き尽くすのだ。私は本書を読みながら、津本陽の強い意志を感じていた。

教科書で習った「陸奥宗光」といえば、明治政府における知恵者として地租改正、不平等条約の改正交渉、日清戦争時の下関条約の締結など「カミソリ大臣」と異名を取った能吏のイメージが強い。世界に日本という国の立場をきちんと示した立役者のひとりである。

だが宗光（幼名、牛麿）が生まれたのは天保十五年（一八四四年）、幕末と呼ばれる時代の一歩前だ。

紀伊国和歌山、紀州藩士・伊達宗広の六男として生まれる。幼名は牛麿、のちに小次郎、陽之助と名乗る。父は紀州藩の勘定奉行として功績をあげた重臣だが、宗光が八歳のときに江戸付家老の水野土佐守との政争に敗れて囚人となり、一族は和歌山城下から十里外に放逐され、屈辱に満ちた困窮生活を強いられた。その悔しさはのちのちまで残る。

国学者でもあった父の影響を受け尊王攘夷思想を持つようになり、江戸に出て学ぶ中、長州藩の桂小五郎（木戸孝允）、伊藤俊輔（伊藤博文）、土佐藩の乾（板垣）退助などの志士と交友を持つようになる。

特に伊藤とは気が合い、我が国の前途を語り合った。

海軍を率いる勝麟太郎の門弟である坂本龍馬に出逢い、その人柄と行動に惹かれた宗光は行動を共にするようになり「土佐藩士」と名乗り、勝の神戸海軍操練所へ入る。

慶応三年（一八六七）十月「大政奉還」。その直後、龍馬が暗殺された。薩長と幕府との本格的な戦いの火ぶたが切って落とされた。宗光は土佐藩と紀州藩の間で悩むことになる。

ここまでが本書のはじまりで、まだ全体の十分の一にも満たないほどだが、幕末維新の立役者のなかで、宗光が何を思い、どう行動したのかが事細かに述べられている。

津本陽は陸奥宗光の物語をすでにいくつか書いている。

幕末・維新の短編小説のアンソロジーには必ずと言っていいほど収録されている

『うそつき小次郎と龍馬』(『幕末維新傑作選 最後の武士道』集英社e文庫)は陸奥宗光が二十歳前後で、まだ伊達小次郎と名乗っていたころの物語だ。

塾生は薩摩藩の出身者が多く、頑強な武士気質の彼らにとって、小次郎は節操のない、口舌の徒であり、誠実さに乏しいと朋輩たちから嫌悪されるようになっていった。

だが坂本龍馬に可愛がられ、才気煥発の小次郎は徐々に頭角を現していく。

宗光と名乗る前の若い時代、わずか五年ほどの出来事を詳細にテンポよく書かれたこの小説は、この時代の雰囲気を感じさせてくれる。

その後、青春時代の宗光を書き下ろしで描いた『荒ぶる波濤』(PHP文芸文庫)では、この物語をさらに詳細に描いていく。幕末に活躍した志士の動きだけでなく、各藩の思惑やお互いが持つ友情や嫌悪感まで、膨大な資料を渉猟し独特な世界観を作り上げた。

ただ、龍馬の死で物語を終えてしまい、明治政府の中で本領を発揮していく政治家としての手腕や、世界を見通す力まで描ききってなかったのが惜しまれた。

多分、そう思ったのは私だけではなかったはずだ。

二〇一一年、『荒ぶる波濤』の出版直後、津本は当時の和歌山県知事、仁坂吉伸氏と対談している。郷土の誉である陸奥宗光の物語を、知事は感慨深く読んだようだ。

津本陽が亡くなった二〇一八年五月。仁坂県知事は「津本陽さんを悼む」という一文を和歌山県のホームページに寄せている。少し長いがご紹介したい。

――（前略）津本さんは、終始一貫して和歌山の事を思い続けてこられた人であると思います。私にも、子供の頃の話などを楽しく語って下さったし、和歌山の発展のことを常に願っておられました。

和歌山県の高級広報誌「和」の第一四号（二〇一一年三月発行）に私との対談として「黒潮が育んだ紀州人気質」について語ってくれました。また、当時私はこれまた郷土の生んだ大偉人陸奥宗光のことを勉強していまして、（中略）これを是非NHK大河ドラマで取り上げてもらいたいとNHKの首脳に働きかけていた（今でもそうですが）ところでした。

そうしたらNHK側からは、大河ドラマには歴史書とか研究書のみならず、タネになる小説がいるんですよと伺い、これは津本陽さんに頼むにしくはなしと思いました。そこで、津本さんに是非陸奥宗光を書いて下さいとお願いしましたところ、快く引き受けて下さって、二〇一〇年に「荒ぶる波濤」をすぐ上梓して下さいました。この作品は陸奥と坂本龍馬との交遊に焦点を当てて書かれているので、もう少し全般的なものはないかなあと思っていたら、二〇一六年「叛骨」が出版されたのです。

NHKの大河ドラマ化はまだ成功していませんが、明治維新の正体も、明治外交の綱渡り的成功も、そして立憲民主主義の母体も、そして、絶世の美女亮子夫人との夫婦愛も、全ての要素が陸奥の生涯の中に含まれていると思います。「原作津本陽」で是非将来実現して欲しいと思います。——

本書を書き終わったのち、津本陽の胸に去来したものは何だったのだろう。知事の哀悼の言葉は、作家最後の希望でもあったかもしれない。

幕末志士の気風を備え、太平洋戦争を生き延び、骨のある男を書き続けた不世出の作家は、きな臭くなってきた現代を泉下でどう思っているだろうか。ご冥福をお祈りします。

（あづま・えりか　書評家）

初出　「潮」二〇一四年二月号～一六年四月号
単行本　二〇一六年九月　潮出版社刊